| | DATE DUE | | |
|---|---|---|---|
| | | | |
| | | | |
| | | | |
| | | | |
| | | | |
| | | | |
| | | | |
| | | | |
| | | | |
| | | | |
| | | | |
| | | | |

*A Patrick Guyot*
*et Gérard Fauchard.*

**Une production de l'Atelier du Père Castor**

OLIVIER LECRIVAIN

# les poings
# serrés

illustrations de
**SOLVEJ CREVELIER**

castor poche flammarion

**Olivier Lécrivain,** l'auteur est né en 1957, en banlieue parisienne. Son enfance et son adolescence sont marquées par deux passions : le blues noir américain, et les westerns. Par admiration pour ses héros, il apprend seul à jouer de l'harmonica, à travailler le cuir (il fabrique des étuis à revolver), et il entreprend des études d'anglais qu'il termine en 1981 par l'agrégation. Il est actuellement professeur à Le Cateau.

C'est un ami poète, Jean Hugues Malineau, qui l'encourage à écrire dès l'âge de douze ans, et édite son premier recueil de poèmes, *Sans plus attendre.*

Dans *Les poings serrés,* Olivier Lécrivain évoque un cadre qu'il connaît très bien, car il a passé de nombreux étés comme apprenti chez un ferronnier tourangeau. Le personnage de Loïc a pour modèle un de ses amis, ancien délinquant.

Du même auteur :
*Blues pour Marco* (Casterman)

**Christian Broutin,** l'illustrateur de la couverture, est né le 5 mars 1933, par un heureux hasard, dans la cathédrale de Chartres. Elevé par un grand-père collectionneur et bibliophile averti, il découvre très tôt le dessin en copiant Grandville et Gustave Doré.

Etudes classiques, puis l'Ecole Normale des Métiers d'Art dont ils sort premier de sa promotion en 1952.

Professorat de dessin de la ville de Paris en 1953. Christian Broutin réalise les affiches d'une centaine de films ainsi que de nombreuses couvertures de livres chez différents éditeurs. En 1975, il réalise, à partir de ses dessins, un film court-métrage qui obtient le Prix Jean Vigo et est sélectionné au Festival de Cannes.

**Solvej Crévelier**, qui a réalisé les illustrations intérieures, est née à Paris en 1947. « Mon enfance, nous dit-elle, c'était davantage Andersen que Charles Perrault. J'ai toujours dessiné dans la marge des cahiers; des princesses à l'école primaire, des robes pour les copines pendant les cours de philo, des costumes de théâtre aux Métiers d'Art. Pendant dix ans, j'ai été « décoratrice ». Mais au 250e décor, j'ai craqué... Maintenant, je dessine enfin sur la page entière en écoutant Maria Callas dans une chambre au huitième étage, bien tranquille, loin du téléphone, de ma fille qui joue du piano, de mon mari qui adore Count Basie et de mes deux chiens.

« En vacances, j'aime faire des aquarelles au hasard des routes de l'Islande à la Palestine. Une année au froid (pour moi), une année au chaud (pour mon mari)! »

**Les poings serrés :**

Un sacré bagarreur l'apprenti du forgeron! A la moindre remarque de travers sur la couleur de sa peau, les coups pleuvent. Et ses poings de quatorze ans, il sait s'en servir...

Alors lorsque l'on remonte des eaux de la Gartempe le corps de Dédé, le pochard du village, on a vite fait de trouver un coupable. C'est ce voyou de Loïc, bien sûr! D'ailleurs, tout le monde l'a vu se battre avec Dédé, parce que celui-ci n'admettait pas qu'il soit amoureux de sa fille Sylvie.

Eh bien quoi, Loïc, tu vas les laisser détruire ta vie avec leurs calomnies? Défends-toi, fonce dans le tas!

Mais Loïc ne sait pas quoi faire. Depuis son accident de moto, il ne se souvient pas bien... et il se demande si ses ennemis n'ont pas raison... s'il n'est pas vraiment l'assassin...

# Chapitre 1

Autour de la place de Vaillé-sur-Gartempe, à peine plus grande qu'une cour de récréation, les ombres rondes des tilleuls pesaient comme des boules de pétanque. Une heure de l'après-midi. Il régnait ce silence de canicule qui semble être l'attente d'un châtiment.

Au bistrot Gasnier, on regardait les glaçons fondre dans les pastis et les bières tiédir sans même avoir la force de lever le coude. Gilbert, le journalier agricole, s'était interrompu au milieu d'un souvenir de son service militaire dans les blindés, à Saumur. Lecomte, le mécano, se nettoyait les ongles avec une allumette. Seul Dédé, avec le sérieux propre aux ivrognes, portait d'une main tremblante le calice de 12° 5 à ses lèvres.

Puis, comme tous les jours, à une heure dix, on entendit le zonzonnement de frelon des mobylettes trafiquées, et la punition divine s'abattit sur Vaillé. Un vieux Stones, si usé qu'il ne devait plus en rester que l'étiquette, pulvérisa les mouches assoupies sur le juke-box. Loïc, le grand métis, chargea le flip jusqu'à la gueule avec des pièces de cinq francs. Dans son sillage, Alain et Thierry rigolaient et buvaient leurs panachés comme ils avaient vu faire dans les feuilletons américains.

— Foutus jeunes, grogna Dédé.
— Tu crois vraiment que c'est ça qui va t'aider à avoir ton C.A.P., mon pauvre Thierry? lança Lecomte à son apprenti. T'as intérêt à être à l'atelier à deux heures.

Thierry, petit blond de quatorze ans perdu dans une salopette trop ample, s'immobilisa au moment de lancer la bille d'acier, et jeta un regard de chien battu à son patron.

— Alors, tu joues, oui?

Loïc le bouscula et se retourna, prêt à

répliquer que Thierry en apprenait autant ici qu'à balayer l'atelier, ou à poncer pendant des heures le mastic des carrosseries. Il se retint juste à temps. Pas la peine de chercher des histoires, ce genre de trucs, ça arrivait trop facilement tout seul. Il avait quitté le centre de redressement de Haute-Pierre pour être placé chez Gérard Séchard, le ferronnier de Vaillé. On appelait ça une « famille d'accueil » : il en était à sa dixième en quinze ans. Entre ceux qui s'imaginaient pouvoir le transformer en robot ménager à deux pattes et ceux qui voulaient le faire sécher dans les pages d'un livre de messe, tu parles d'un accueil! Ça faisait deux mois qu'il était chez les Séchard. Il dormait et dînait chez eux, à Brunay, et passait ses journées à Vaillé, dans l'atelier de Séchard. La forge l'intéressait. Mais les gens du village, bonsoir! Il lui faudrait un sacré estomac pour les avaler.

Un clignotement d'apocalypse s'empara du flipper.
– Loïc, vite, qu'est-ce qui se passe? Qu'est-ce que je dois faire?
– T'emballe pas, mec, t'as eu le spécial. C'est

bonnard, si tu restes calme, tu vas peut-être claquer la première partie gratuite de ta vie!

Thierry riait d'aise, cramponné aux boutons du flip, comme un pilote félicité par son chef d'escadrille. Pour Alain, le fils de la boulangère, l'intellectuel joufflu qui passait en seconde à Châtellerault à la prochaine rentrée de septembre, depuis que Loïc était à Vaillé, la vie était une bande dessinée héroïque.

– Ah! mince, je l'ai loupée!

– Evidemment, banane, tu t'obstines à faire tes fourchettes dans le mauvais sens! Allez, ôte-toi de là, et regarde le maître.

Ils acceptaient même ses engueulades sans broncher. Et tandis qu'il propulsait la bille avec la désinvolture d'une rock-star faisant signe à ses musiciens, Loïc se rappelait d'autres flippers, d'autres bistrots, et des copains auprès de qui ces deux paysans étaient aussi niais que des hamsters en cage. Dans le fronton du flipper, il vit arriver l'autocar de Châtellerault, et Marcel le boiteux en descendit, apparemment fort guilleret.

– Alors, le fainéant, dit Gilbert avec fiel, c'est-y que t'as encore touché des sous?

– Oui, mon beau monsieur, et même que ça m'a donné soif. Allez, patron, mettez-nous donc une petite chopine!

Il promena un regard goguenard sur les clients. Dix ans auparavant, il s'était brisé une cheville en tombant du camion de ramassage qui l'emmenait sur un chantier. Sa pension d'invalidité et quelques menus travaux au noir suffisaient à le maintenir dans un état d'oisiveté insouciante.

– Franchement, les gars, vous croyez pas que c'est moi le plus malin? Enfin, mon p'tit Gilbert, t'as donc jamais trouvé moyen de prendre un coup de sabot, ou de mettre le pied sous ta presse à foin? Accident du travail, y a qu' ça d' vrai! Regarde donc Dédé, comme il s'entraîne, lui : à force de picoler, il finira bien par louper sa bouche et se coller son verre de rouge dans l'œil! Accident du travail, j' vous dis.

Tous ceux qui n'étaient pas concernés éclatèrent de rire.

Dédé releva brusquement la tête, le souffle court. Avec sa barbe de huit jours, on aurait dit un vieux chien que l'on vient de réveiller d'un coup de pied.

– Qu'est-ce que tu me veux, sale boiteux?

– Allons, Dédé, du calme, c'était pas méchant! C'est qu'il mordrait, l'animal. Je voulais juste te payer un coup; patron, versez donc un canon à mon ami Dédé Moreau.

Il s'était assis près de lui, et lui mit la main sur l'épaule, plein de fausse sollicitude. Les beloteurs du fond suspendirent leurs cartes pour écouter, et jetèrent un coup d'œil agacé à Loïc qui continuait à martyriser le flipper.

– Oui, mon vieux Dédé, au fait... ta drôlière, Sylvie, elle travaille bien comme serveuse chez Dora, en ce moment?

– Qu'est-ce que ça peut te faire?

– Oh! mais, rien du tout, ma foi! C'est pour toi que je demandais ça...

Parce que, vois-tu, ce matin, en allant à Châtellerault, je crois bien que je l'ai vue dans le car. Mais du moment que tu es au courant! C'est qu'il faut les surveiller, ces sacrés drôles! Il suffit qu'on tourne le dos cinq minutes... c'est pas à toi que je vais apprendre ça.

– Fiche-lui un peu la paix, dit nerveusement le patron du bistrot.

– Tout de suite, monsieur Gasnier. Je laisse Dédé consommer tranquillement. Après tout, c'est ça qui vous intérese, pas vrai?

Dédé resta plusieurs secondes sans réagir. Soudain, il se leva en renversant sa chaise, et empoigna Marcel par le col.

– J'ai pas besoin de toi pour élever mes filles, t'entends?

– Mais oui, mon vieux. Lâche-moi, c'était pour blaguer.

– T'as réussi ton coup, Marcel, maintenant, il va déblatérer tout l'après-midi.

Dédé tituba, seul entre les tables, comme un pitoyable taureau banderillé.

– J'ai besoin de personne, c'est compris? hurla-t-il. Et Evelyne, je l'aimais, moi, Evelyne. C'est pas ma faute, ce qui lui est arrivé.

– Eh oui, pauvre Evelyne, c'est les choses de la vie, on n'y peut rien. Tu devrais rentrer chez toi maintenant, Dédé.

Le père Gasnier tenta de le pousser dehors, mais Dédé se dégagea et fit un pas vers le flipper.

– Et Sylvie, elle fait ce que je lui dis. C'est

moi qui l'élève, espèce de bâtard, et c'est moi qui décide qui elle doit fréquenter.

Décidément, les nouvelles circulaient vite, à Vaillé. Qui donc avait appris à ce vieux sac à vin que Loïc s'intéressait à sa fille? Loïc lâcha le flip et se retourna. La colère n'avait pas encore monté en lui que, déjà, des phrases réflexes se pressaient à ses lèvres, comme une meute de chiens qui sentent le gibier. Il n'avait que quinze ans, et savait pourtant que, rien qu'à sa façon de fixer l'adversaire et de dire : « Tu retires ça tout de suite, ou bien je t'éclate », n'importe quel combat était à moitié gagné. Mais derrière les yeux de Dédé, aux iris dévastés, il y avait le regard de Sylvie. Derrière ces cheveux collés par la sueur de l'ivresse, il y avait de longs cheveux roux qui flottaient comme une bannière au vent de sa mobylette. Derrière cette bouche secouée de tics, il y avait la moue butée de Sylvie quand elle se faisait réprimander par Dora à l'auberge. Il se força à prononcer d'une voix égale :
— Je vous assure que je n'ai jamais voulu faire de mal à votre fille, m'sieur Moreau.
— Ça vaudrait mieux pour toi. Chez nous, on

n'est ni riche ni malin, mais au moins, on a toujours su qui étaient nos parents.

« Si toute la famille était comme lui, tu parles d'un cadeau pour Sylvie! » pensa Loïc.

Les hommes s'étaient levés, et entraînèrent mollement Dédé, avec un air de commisération qui trahissait leur désir d'envenimer les choses. Loïc envoya une bourrade à Alain :

– Deux cent mille d'avance, mon pote! Essaie donc de rattraper ça!

Le flipper était la bouée de sauvetage, dans cette mare où le moindre remous d'alcool faisait remonter les vieilles jalousies. La bille d'acier volait d'un bumper à l'autre, mais le bruit ne parvenait pas à couvrir les conversations de tous ces vieux crabes de vase, déjà réconciliés, qui se souriaient à pleins chicots autour d'une nouvelle tournée.

Une moto s'arrêta sur la place. Au bruit, ça devait être une 125.

– Oh! mais v'là encore de la jeunesse! Ah! sacré père Gasnier, c'est ben vous le plus gâté! Les jeunes, les vieux, tout ça, ça finit dans votre tiroir-caisse!

– Qu'est-ce que vous prenez, les gars?

– Les gars, les gars... enfin, père Gasnier, un peu de respect, quoi! C'est « mon lieutenant » qu'il faut dire, pas vrai, Joël? Quand c'est que tu pars?

– Le cinq août. J'suis de la huit. Et mon père s'est débrouillé pour que je sois dans les paras.

Loïc se contracta et faillit rater son amorti. Cette voix artificiellement durcie, ce bruit de rangers traînées sur le carrelage du bistrot pour suggérer la lassitude du baroudeur, c'était Joël Routier, l'ex-petit copain de Sylvie. Dix-huit ans, né coiffé avec la coupe réglementaire. Il était toujours flanqué de Frank et Stef, deux grands idiots de son âge qu'il avait convaincus de faire une préparation militaire avec lui. En attendant leur incorporation, ils s'improvisaient des petites manœuvres dans les prés à vaches le samedi-dimanche, et se cognaient sur la gueule en toute amitié virile.

– Pardon!

En se baissant pour mettre une pièce dans la fente du baby-foot, Joël avait bousculé Loïc. La bille fila tout droit entre les flips.

Loïc se retourna d'un sursaut, et perçut la soudaine jubilation des buveurs. Dédé, c'était la première partie du spectacle mais, maintenant, on allait vraiment rigoler. Ça les intéressait, ce qu'on apprenait dans les centres d'éducation surveillée? Eh bien, ils allaient en avoir pour leur argent! Aiguë comme la flamme d'un chalumeau, l'agressivité montait en Loïc. Thierry lui tira la manche :

– Allez, viens, on s'arrache, c'est bientôt l'heure d'embaucher.

– T'es fou, non? On a encore trois parties au crédit. On les termine, et on s'en va. Mais pas avant.

En disant « on les termine », il toisa les trois aspirants mercenaires. Jeans, rangers, et veste de camouflage ouverte sur le torse nu. Joël, blond, la mâchoire carrée, se tenait les poings sur les hanches. Il avait dû prendre ça sur une photo de Bigeard, dans *Paris-Match*. Il était musclé, c'est sûr, et il devait bien peser dix kilos de plus que Loïc. On racontait qu'il s'entraînait tout seul dans sa grange, avec un manuel de karaté.

Loïc n'avait pas peur. Il y avait une fable

de La Fontaine, la seule qu'il eût retenue de son éducation en pointillé : une histoire de loup et de chien. Ah! il avait fière allure, le clebs, bien gras et bien costaud avec son collier au cou... qu'il sorte seulement la tête de sa niche, et il verrait comment le loup le trépanerait!

Sous l'intensité de son regard, les trois guerriers perdirent de leur assurance, et s'absorbèrent dans les aventures de leurs petits footballeurs à coulisse.

Ce fut Lecomte qui décida de précipiter le mouvement :

– Mais alors, Joël, si t'es dans les paras, tu vas être affecté à Pau, non? Qu'est-ce qu'elle en pense, ta bonne amie? C'est qu'elle va être bien seule, pendant un an, c'te pauvre Sylvie!

– Paraît qu'elle a même commencé à broyer du noir, souffla Gilbert.

Joël se redressa, les joues empourprées. Il lui fallut au moins dix secondes pour répliquer :

– Laissez-la donc, Sylvie. Elle est jeune, qu'est-ce que vous voulez! Elle finira bien par comprendre que les bonshommes, c'est comme le poulet, c'est toujours le blanc qui est le meilleur!

Tous les yeux se portèrent sur Loïc. Il sentit sa rage doubler, quadrupler, décupler, comme au flip lorsque le compteur totalise le bonus. Sans même attendre la fin des rires, il se planta devant Joël:

– Tu m'as l'air de t'y connaître en poulets, dis donc; tu veux que je te montre comment je leur tords le cou d'une seule main?

Le père Gasnier, agrippant les manettes de bière à la pression comme le gouvernail d'un navire, cria de derrière son bar:

– Pas de bagarres ici, les jeunes! Vos histoires, moi, j'en ai rien à faire. Allez régler ça dehors!

Joël leva la main, conciliant:

– Vous inquiétez pas, m'sieur Gasnier. Servez-moi un café, il n'aura même pas le temps de refroidir.


Il sortit de sa démarche théâtrale, suivi de sa garde d'honneur. Il enleva avec lenteur sa veste de treillis et la tendit à Frank. Les buveurs manifestaient leur joie par des exhortations les plus contradictoires:

– Mais enfin, retenez-les!

– Allez, serrez-vous la main comme des hommes et oubliez ça!

– Vas-y, Joël, fais lui voir ce que les gars de Vaillé ont dans les tripes!

Il attendait, les bras croisés, sûr de lui. Pelage lustré, crocs impressionnants...

Le loup n'en ferait qu'une bouchée. Loïc allait sortir, marcher sur lui sans cesser de le regarder droit dans les yeux, un pain dans le foie, un autre à la tête, deux trois coups de pompe pour le finir. Et voilà. Rideau. Le village pourrait se chercher une autre terreur.

Au moment où il passait la porte, Dédé lui fit une clé au cou, et beugla :

– Allez Joël, je le tiens, défonce-le, ce sale métis! Plus jamais il ne tournera autour de ma fille.

Loïc enfonça son coude dans la panse alourdie de vinasse, et Dédé lâcha prise. Aussitôt, coup de boule entre les deux yeux. La nuque de Dédé heurta le chambranle et il s'effondra à terre, inconscient.

– T'as vu ce qui t'attend? jeta Loïc à Joël d'une voix sourde.

– Bon sang, mais tu l'as tué! s'écria le père

Gasnier. Petite frappe, tu as tué ce pauvre Dédé! J'appelle les gendarmes.

– Mettez-y un canon sous le nez, patron. S'il ne bouge pas, c'est qu'il est vraiment mort, suggéra Marcel.

– T'attaquer à un pochard, tu peux être fier de toi, cracha Lecomte.

Après cette dépense d'énergie physique, le calme revint en Loïc. Il les vit, heureux comme des rois dans leurs rôles d'infirmières ou d'âmes vertueuses. D'un bout à l'autre, ils s'étaient tous joués de lui. Seul Joël, un peu pâle, ne savait quelle contenance adopter. Loïc passa devant lui sans un mot.

– Empêchez-le de partir! dit Gasnier. Où est-ce que tu comptais aller, espèce de voyou?

– Il est deux heures, j'embauche. Vous direz aux gendarmes de venir me trouver à l'atelier.

# Chapitre 2

En ouvrant tout grand la porte à deux battants de la forge, Loïc aperçut Thierry, de l'autre côté de la rue, qui lui faisait un petit sourire à la fois apeuré et interrogateur. Il haussa les épaules. Si cet ahuri était sorti avec lui au moment de la bagarre avec Joël, jamais Dédé n'aurait pu lui sauter dessus par derrière.

Seulement voilà, dès qu'ils avaient senti qu'il y avait du rif', Thierry et Alain s'étaient faits aussi discrets que des mégots dans un cendrier. Des copains, ça? Dès qu'il était question de boire un coca vite fait derrière le dos du patron, ils étaient toujours là. Mais pour le reste...

Il mit la radio à fond, et le bruit l'isola de l'extérieur. Il aimait les enclumes au socle recouvert de poussière d'acier bleu, le ratelier à tenailles dont certaines lui étaient interdites, les énormes étaux à crapaudine, au ressort en volute. Il faisait une bonne chaleur sèche près du foyer, infiniment plus supportable que la canicule. Il aimait la lourde fumée jaune-vert du charbon frais, et l'odeur acide du fer qui imprégnait sa peau et ses cheveux. Il se rendit compte qu'il regardait toutes ces choses comme s'il avait déjà, inconsciemment, accepté l'idée d'un départ proche. Après ce qui venait de se passer, il ne se donnait pas plus d'un mois chez Séchard. C'était comme le jeu de tarots des bohémiens. Quand on avait tiré le pochard et le gendarme, que pouvait la carte du ferronnier?

Séchard lui avait laissé un message sur le tableau noir où il inscrivait le travail de la semaine :
« *Salut l'arpète. Je suis à l'exposition artisanale de Saint-Savin. Prends une barre de carré de huit à la réserve, débite-la à vingt-quatre, et fais-moi des anneaux soudés à portée de*

*chaude. Je t'ai mis un modèle sur l'enclume.*
*Sers-toi du soufflet à main pour ne pas griller*
*ta ferraille. Et souviens-toi : un vrai ferronnier*
*doit maîtriser son fer, et non être maîtrisé par*
*lui!*

Un vrai ferronnier! Pouvoir estimer à cinq
pas la section d'une barre de fer sans se
tromper d'un millimètre! Ouvrir son atelier
tous les matins de sa vie à sept heures pour
forger le chant du coq! Mais à quoi bon
rêver...

De la lucarne du grenier à ferraille, Loïc
pouvait voir Lecomte, adossé au mur, qui
observait, les mains dans la ceinture de son
bleu. Les gendarmes venaient d'arriver.
Dommage pour le ferronnier. Loïc se rappela ses ambitions passées : « J'arriverais
dans une bagnole américaine en faisant cris-
ser les pneus; il sortirait sur le pas de sa
porte; j'ôterais mes lunettes de soleil, tu ne
me reconnais pas?, et je lui défoncerais la
gueule. » « Il », c'était le directeur du centre,
deux-trois éducateurs, et maintenant, en bas
de la liste, Gasnier et Lecomte.

Quand il redescendit l'échelle de la
réserve, il y avait un type en képi, assis sur

l'établi, qui lisait le message de Séchard.

– Alors, comme ça, ton patron te laisse seul?

Loïc ricana :

– Qu'est-ce que ça peut bien vous faire? Vous avez peur que je lui vole ses enclumes? Aucun danger, y a pas un fourgue qui les prendrait.

L'homme se retourna. Il était grand, fort, et avait autour de quarante ans. Loïc le reconnut. Il était déjà venu plusieurs fois à l'atelier.

– Ça t'en bouche un coin de me voir en uniforme, pas vrai?

– C'est vous, m'sieur Pithiault? J'aurais jamais cru que vous étiez un chmit'... euh, un gendarme. Pourquoi vous l'avez pas dit plus tôt?

– Je ne voulais pas que tu crois que je passais ici pour te surveiller. Et ma grille d'intérieur, ça avance?

– On l'a pas encore commencée.

– Eh bien, dis à Séchard de s'activer. Je ne suis pas content de lui. Et de toi non plus, d'ailleurs. L'enclume, ça ne te suffit pas? Il faut aussi que tu bigornes Dédé!

– Si vous écoutez le père Gasnier, c'est

même pas la peine de discuter, je suis tout de suite bon pour perpèt'.

Pithiault accrocha son képi à un des bras de l'étampeuse à boules, et s'essuya le front.

– Ecoute, ça fait cinq ans que je suis chef de la brigade de Brunay. Tu penses que les gens du coin, je commence à les connaître, même si, pour eux, je suis toujours un étranger. Au moindre vol de caleçon oublié sur une corde à linge, on a droit à une plainte. La veille de l'ouverture de la chasse, on reçoit des lettres anonymes qui disent qui va braconner, à quel endroit, et à quelle heure. Alors, quand le père Gasnier m'a annoncé que Dédé perdait son sang à pleins baquets sur le carreau de son bistrot, ça ne m'a pas trop impressionné.

– Qu'est-ce que vous allez faire de moi? demanda Loïc avec méfiance.

– T'apprendre deux ou trois choses. Tu es de la ville; ici, c'est la campagne. Tu peux casser la figure à tout le village si tu veux, mais c'est tout de même eux qui finiront par t'avoir au tournant. Ce ne sont pas les poings qui font le plus de mal, mais les langues. Tu as trop de choses qui jouent contre toi, à Vaillé : la couleur de ta peau, ton passé... Les gens n'en connaissent rien, mais ce n'est pas ça qui les empêche d'en parler. Alors, ne rentre pas dans leur jeu. Ne leur donne pas le plaisir de te renvoyer d'où tu viens. Ah! encore un détail : Joël Routier est le fils d'un de mes gendarmes. Réfléchis bien à tout ça.

Il remit son képi et se dirigea vers l'estafette. Comme il s'installait sur le siège, Loïc le rappela :
– Qu'est-ce que vous auriez fait si, au lieu de Dédé, j'avais cogné sur Joël?
Pithiault eut un sourire gêné :
– Eh bien... inutile de le répéter, mais... je n'ai jamais porté le jeune Routier dans mon cœur. Allez, au revoir, et dis à Séchard de penser à ma grille.

Comme par hasard, trois fermiers étaient venus porter leur tracteur chez Lecomte, et cinq ménagères qui s'étaient découvert un manque intolérable de riz, de sel, ou de boutons de chemise, s'étaient ruées à l'épicerie en face de la forge. Il y eut donc dix paires d'yeux, y compris le mécano et son arpète, pour assister au démarrage de l'estafette. Cela sans compter les vieilles embusquées derrière leurs rideaux, dont les verres à double foyer reflétaient le soleil de l'après-midi. Les gaz d'échappement flottaient encore dans l'air que, déjà, les commentaires s'élevaient :

– De la graine de voyou, j'vous dis! On n'est jamais assez dur.

– Ça lui servira de leçon, en tout cas.

– Pensez-vous! Il faut les enfermer si on ne veut pas qu'ils recommencent!

Loïc s'en voulut d'avoir trouvé Pithiault sympathique. Qu'auraient pensé Bob et Jean-Jean, ses copains du centre de Haute-Pierre avec qui il avait tenté de s'enfuir, à treize ans? « Alors, tu manges dans la gamelle des poulets, maintenant? Ben mon vieux, j'aurais jamais cru ça de toi! » Et Palos le gitan lui aurait balancé un de ses jurons qui vous réduisent en cendres radioactives jusqu'à la vingtième génération.

Mais Pithiault n'était pas comme les autres flics. C'était le premier qui n'avait pas joué les John Wayne en képi, avec un baratin du genre : « Je te préviens que je finirai par te mettre au pas, mon p'tit gars. » Non, il lui avait simplement donné les règles du jeu pour ne pas se faire rouler par les crapauds baveux du bistrot Gasnier. Il était avec lui, contre eux.

Que faisaient-ils, les copains, en ce moment ? Avec des aiguilles plantées dans un bouchon et de l'encre de Chine, ils se tatouaient du signe de la fatalité, et se voyaient entrer dans la légende :

« Tu te rends compte ? A seize ans, tout seul, avec un canon scié, il a braqué un fourgon blindé ! Ce mec, j'te l'dis, c'est un battant ! »

Loïc essaya d'imaginer le patron braquant une banque, en tablier de cuir et marteau à la ceinture.

« Le premier qui bronche, je lui mets la tête en pointe de diamant ! »

Non, ça ne collait vraiment pas. Mais qu'est-ce qui valait mieux ? Etre respecté par tous les barmen d'une ville de sous-préfecture, ou devenir comme Séchard, qui sortait son fer du feu en chantonnant : « Fais ta prière, tu vas mourir », et qui répondait aux saluts des piliers de chez Gasnier par de grands sourires, mais en murmurant : « Eh, Loïc, tu l'as vu, celui-là? Quelle cloche, tout de même! »

Loïc engagea la barre de huit dans les mâchoires de la cisaille à boules, et lâcha le levier alourdi de poids en fonte, qui prit peu à peu de la vitesse. Le segment de fer sectionné tomba à terre avec un bruit joyeux. Pour aujourd'hui, il avait trouvé sa réponse.

Quand il jeta le dernier anneau encore brûlant sur le sol en terre battue, il était presque six heures. Il décendra la tuyère de la forge, chargea le foyer de charbon frais, et ouvrit la trappe. Ainsi, le feu tiendrait jusqu'au lendemain. Puis il se débarbouilla à la pompe et troqua ses vêtements de travail contre un jean serré, des bottes et une veste délavée où il avait dessiné un profil d'Indien en broderie de perles. Lecomte, dont les pieds dépassaient de sous une 2 CV cacochyme, rampa comme un cafard dès qu'il entendit le moteur de la Malagutti. Loïc passa à vingt centimètres de son visage, et cracha sur le panneau Vaillé-sur-Gartempe.

Sylvie se redressa. L'horizon s'emplissait d'un grondement aigrelet. Comme chaque soir, elle était venue guetter Loïc sur la route de Brunay, à l'endroit où ils s'étaient rencontrés pour la première fois. Elle se recoiffa à la hâte dans le rétroviseur de sa mobylette. Malgré son maquillage et les soins de Dora, sa joue droite était rouge et enflée. On voyait qu'elle venait juste de pleurer. Il se rapprochait à toute allure, si grand déjà pour ses quinze ans, replié comme une sauterelle sur sa Malagutti. Une image de son livre de français revenait toujours à l'esprit de Sylvie : Don Quichotte. Un Don Quichotte métis, prêt à éclater tous les dragons de bistrot avec ses armes empruntées aux films de kung-fu.

Il la serra contre lui, et elle retrouva cette impression de sécurité et d'étrangeté qui, depuis deux mois, marquait toutes leurs rencontres.

La tête contre sa poitrine, elle sentait son cœur qui battait encore des efforts d'une journée de forge, elle respirait sur sa peau le sel de la sueur et le métal. De quel ovni était-il tombé? « Le fils martien de Jimi Hendrix ». C'était ainsi qu'il s'était défini quand elle lui avait posé des questions sur son passé.

Les filles clinquantes que l'on accroche à sa moto comme des fleurs en papier de tir forain, et que l'on jette sans plus y penser quand le vent les a flétries, Loïc les avait toutes oubliées. Il avait trouvé sur la route cette rousse habillée de noir, qui pleurait près de sa mobylette en panne. Sa peine semblait si lourde qu'il n'avait même pas cherché à la draguer. Il s'était contenté de retendre la chaîne, et avait demandé avec indifférence :
– T'as des ennuis?
Elle n'avait rien répondu.
– Si t'as besoin de moi, je bosse chez Séchard. Je suis son arpète.
Ils ne s'étaient même pas serrés la main en se quittant. Mais l'odeur des talus fraîchement fauchés, mêlée à celle du goudron de la route, avait déjà scellé leur alliance.

Dans l'heure qui avait suivi la défaite de Dédé par K.O. éthylique, Marcel, toujours en quête d'un public, était allé raconter l'affaire chez Dora. Et Sylvie avait tremblé en pensant au repas du soir avec un père ivre d'humiliation.

Elle n'avait même pas eu à attendre si longtemps. Vers quatre heures et demie, alors qu'elle finissait de laver les dernières assiettes, il y avait eu un bruit de pas incertains dans son dos. Elle s'était retournée, et quelque chose lui avait cinglé le visage.
– Ça, c'est pour être allée à Châtellerault sans ma permission, petite saleté! Et ça, c'est pour t'apprendre à fréquenter n'importe qui!

Dora était accourue à temps de la pièce voisine, pour arracher la ceinture des mains de Dédé, et l'empêcher de défigurer sa fille.


– T'as pas l'air en forme, ce soir, ma rouquine! T'as encore cassé des verres chez Dora? demanda Loïc.

Elle secoua la tête. Sa lèvre supérieure tremblait, et les taches de rousseurs de ses joues, comme la marque de larmes évaporées, semblaient appeler d'autres larmes.


Il lui prit le visage dans les mains.
– Oh, la vache! Comment tu t'es fait ça? On t'a giflée avec un fer à repasser?

Il cessa brusquement de jouer. Elle vit les mâchoires de Loïc se contracter. Il la repoussa et enfourcha sa Malagutti.
– C'est ton père, hein? C'est ce vieux déchet qui t'a arrangée comme ça? Tu vas voir ce que je vais lui mettre dans la gueule, je te garantis qu'après, il nous laissera tranquilles!

Elle s'accrocha au guidon, complètement paniquée :
– Loïc, je t'en prie! Ça ne servira à rien!
– Comment ça, ça ne servira à rien? Ote-toi de là, je vais passer à la forge prendre une masse et je vais tous les allonger, Dédé, Lecomte... ils me débectent tous!

Avec ses yeux noirs enfoncés dans leurs orbites, ses pommettes hautes et ses lèvres charnues retroussées en un rictus de rage, il était effrayant comme un vengeur de bande dessinée. Elle hurla :
– Loïc, si tu te bagarres encore, c'est nous deux que tu vas foutre en l'air, tu m'entends? On te renverra dans un centre. Tu crois que ça me plaît, la vie à Vaillé, faire la plonge chez Dora et être battue par mon père? Il n'y a que toi qui peux m'aider à

supporter ça. Reste, ne pense plus à lui. Je n'ai que toi depuis qu'Evelyne est morte.

Dédé, Lecomte, Gasnier, Joël; ils étaient tous là, au bistrot. Il entendait leurs têtes craquer sous son marteau, comme des insectes que l'on écrase du bout du pied. Au fond de lui, comme un gong, le besoin de frapper résonnait encore.

Elle serrait toujours le guidon de la Malag', suppliante. Elle avait besoin de lui. C'était la première fois que quelqu'un lui disait une telle chose.


Sylvie. Il l'appelait Diabolo-menthe, à cause de ses yeux verts, ou Renard, lorsqu'il caressait ses cheveux.

Il arrêta son moteur.

– Encore deux ans, chuchota-t-elle. Dans deux ans, je serai majeure. Et toi, tu auras fini ton apprentissage. Raconte-moi ce qu'on fera dans deux ans.

– On s'arrachera de ce trou, j'ai des potes à Angers qui m'aideront à me remettre en selle, et on braquera à tour de flingues, toi et moi.

Bonnie and Clyde, à côté de nous deux, ce sera de la rigolade!

– Loïc, assez! Je ne veux plus que tu dises des choses comme ça! Allez, dans deux ans...

– Dans deux ans, j'ouvrirai un atelier de ferronnerie, et je ferai des grilles et des défenses de fenêtres bien pointues pour protéger les gens comme nous de tous les pourris de la race de Gasnier et des autres.

Elle sourit, mais sa peur était loin d'avoir entièrement disparu. Tout dépendait de Loïc. Avec lui, elle pouvait attendre, limer patiemment la chaîne des jours qui la séparaient de sa majorité. S'il sombrait, elle n'aurait pas la force de lutter seule contre Vaillé.

– Viens, je vais te montrer quelque chose. Tout le monde sait que nous nous donnons rendez-vous ici; il faut changer de cachette.

Tandis qu'ils roulaient dans les chemins creux, elle songeait au soir de leur rencontre. C'était juste une semaine après la mort de sa sœur. Ce jour-là, Loïc lui était apparu comme l'allié invulnérable qui balayerait d'un geste toutes ces années étouffantes. Mais pouvait-elle vraiment tout lui confier?

Funambule aux yeux bandés, il franchissait une fosse où grondaient les chiens de sa propre violence. Qu'elle prononce son nom, qu'elle souffle seulement dans sa direction, il tomberait et leurs crocs le déchireraient.

Ils s'arrêtèrent sur un petit pont de pierre qui surplombait une voie ferrée. Devant eux, le chemin menait à une loge de vigne à moitié détruite.

– C'était le coin préféré de ma sœur Eve-lyne. C'est là que je me rendais quand tu m'as trouvée, murmura Sylvie.
– Comment tu es sûre que personne ne viendra nous espionner?
– C'est ici qu'Eve s'est suicidée. Tu sais, à la campagne, les gens sont toujours un peu superstitieux. Et toi, tu as peur, maintenant que tu es au courant?

Loïc regardait autour de lui : il y avait un rideau d'arbres de chaque côté du chemin. Des ouvertures ovales dans le parapet de pierre permettaient de surveiller la voie ferrée. Et plus personne ne devait cultiver la vigne, à en juger par l'état de la bicoque.

– De quoi est-ce que j'aurais peur? Au fait,

tu ne m'as jamais dit comment ça s'était passé.

– J'aime pas en parler. Et puis, je pensais qu'on t'avait déjà raconté. Tout le village s'en est gargarisé pendant un mois.

– Tu sais ce que j'en fais du village, non?

Un instant, une expression de haine déforma son visage comme un papier qu'on froisse.

La voix de Sylvie était à peine audible :

– Elle venait toujours ici pour lire, ou seulement pour regarder passer les nuages. Elle garait sa moto au milieu du pont, et elle restait là des heures. Un soir, le conducteur du train de marchandises a vu son corps en travers de la voie ferrée. Elle s'était jetée d'en haut. Sur le siège de la moto, sous son casque, il y avait une feuille de papier où elle avait écrit : « Je pars. » C'est tout. On n'a pas compris pourquoi elle avait fait ça.

Elle sentit les larmes monter en elle. Il ne fallait pas qu'elle pleure devant Loïc, pas aujourd'hui. C'était lui, plus qu'elle, qui avait besoin d'aide. Elle ajouta encore :

– C'était quelqu'un de formidable, Evelyne!

Sylvie se tut. Elle aurait voulu se confier,

lui dire combien sa sœur était belle et courageuse. Evelyne était dure avec elle, comme on l'est avec ceux qu'on aime quand on veut qu'ils se surpassent. Elle la forçait à travailler, tentait de lui insuffler un peu de son énergie : « Qu'est-ce que tu comptes faire de ta peau, Sylvie ? Ça te suffit, Vaillé-sur-Gartempe ? Un jour, j'ouvrirai un salon de coiffure, et il faudra que tu sois au point pour bosser avec moi. Allez, secoue-toi un peu ! » Et la moto, l'énorme 750 qui scandalisait tout le pays, il avait fallu la vendre, et cela n'avait même pas couvert les frais d'enterrement. Il y avait tant de peines que Sylvie devait garder pour elle, tant de secrets. Elle regarda sa montre de Prisunic :

– Faut que j'y aille. Dora va m'attendre.

Depuis la mort d'Evelyne, l'avenir avait la couleur de l'eau de vaisselle.

– N'oublie pas, demain, c'est ici qu'il faut venir. Tu sauras t'y retrouver ?

Il la regarda s'éloigner dans la poussière blanche du chemin et se passa la main sur la gorge. On avait bien raison de dire « avoir les boules ». Il avait l'impression d'avoir

40

gobé un jeu de pétanque complet, cochonnet compris. Il croyait les entendre, les pourris de chez Gasnier, et leurs épitaphes puant l'anis :

« – Quel gâchis, tout de même, un si joli p'tit lot! Partir à c't' âge-là!

« – Remarquez, c'est pas étonnant; c'est surtout les jeunes qui font des trucs comme ça. »

Pour la première fois depuis ses huit ans, il pleura, autant de chagrin que de rage.

# Chapitre 3

Loïc Roche. Né le 7 décembre 1967.

Mort le... tiens, quel jour on était, déjà?

Aucune importance, puisqu'il était mort, ou presque. Les derniers battements de son cœur faisaient encore jaillir devant ses yeux un éclair bleu. Les souvenirs foutaient le camp à toute allure, comme des arbres au bord d'une route. Le couvercle capitonné du cercueil, qui planait au-dessus de lui, s'abattit tout à coup sur sa tête.

– Alors, le p'tit blackie, il émerge?

– Bof... un peu glauque. Mais quand je le pince il ouvre un œil.

Le panier à salade! Le gyrophare! Il s'était

fait enchrister. Tu parles d'une résurrection, tu attends des anges et tu tombes sur des képis. Il voulut se redresser, mais une main ferme l'en empêcha.

– Ben quoi, mon p'tit pote, t'es pas content d'être avec nous?

D'un seul coup, tout lui revint : ils avaient piqué une 4L pour s'enfuir du centre. C'était Bob qui conduisait. Tout allait bien, Jean-Jean avait même allumé la radio pour écouter le hit, et puis, au milieu d'une ligne droite, le barrage, comme aux actualités. Bob avait essayé de faire demi-tour en tête à queue, mais tiens, accroche-toi, tonneau, retonneau, ils s'étaient arrêtés dans un champ, avec les quatre portières bloquées. Ils n'avaient plus eu qu'à attendre que les poulets amènent un ouvre-boîte.

Non, impossible, tout ça, c'était déjà arrivé longtemps auparavant. Et puis, pourquoi ce flic était habillé en blanc?

Il prit conscience de la douleur qui lui brûlait tout le côté droit, et d'un mal de crâne carabiné, comme si sa tête avait servi de battant de cloche.

L'ambulance filait vers le soleil couchant. Il n'y comprenait plus rien.

44

– Comment tu t'appelles? Où est-ce que tu habites?

– Mets ton front contre la barre, et arrête de gigoter.

– Il avait de l'alcool dans le sang? Non?... tiens, c'est étonnant.

– Vous lui avez fait un tétanos? C'est bien. Collez-le au service Portes s'il y a encore un lit de libre.

– Il faut recommencer sa radio de profil. Il a bougé.

– Mais où est-ce qu'il va? Rattrapez-le!

– Aïe, c'est qu'il tape dur, cet animal!

– Je sens qu'on a pas fini d'avoir des ennuis avec ce coco-là. Mettez-le sous Equanil, qu'on soit au moins tranquille pour la nuit. Prévenez-moi s'il recommence. Bon, où on en était? Ah! oui, à toi de jouer, Bernard.

A travers la verrière sale de la gare de Tours, le soleil brillait. La petite micheline rouge venait juste d'arriver. Le cœur serré, il scrutait le flot des voyageurs. Des mémères aux robes taillées dans des vieux rideaux fourraient leur *Nous Deux* dans leur cabas. Des types avec des gueules de porte-documents avachis lui jetaient des regards réprobateurs. De temps en temps, le nez coupe-rosé d'un ivrogne, ou un flash d'ongles trop bien vernis, encore une qui n'avait rien à faire de sa vie, à part le téléphone, les mots croisés, et bouffer du chocolat. Il ne pouvait fermer les yeux et, à chaque nouveau visage, il serrait davantage les poings. « Pas eux, ce n'est pas possible! » Et puis, quand le troupeau fut passé, que le sillage de leur sueur se fut dissipé, il les vit, tous les deux. Elle était belle comme Diana Ross, peut-être un peu plus noire et plus ronde. Et lui, avec ses bras musclés où flambaient les tatouages, on aurait dit un totem vivant. Ils remontèrent lentement le quai, se retournant parfois pour lui sourire, et s'installèrent dans le wagon de tête. Ses vieux. C'était eux, il en était sûr, sûr à en pleurer. Il se mit à courir. Quand, hors d'haleine, il parvint à leur hauteur, ils avaient disparu. Devant la motrice, il y avait un butoir.

Lorsque le chef de clinique entra dans sa chambre, Loïc était encore sous l'emprise de son rêve. C'était toujours le même fichu scénario depuis des années. Seules les tronches des figurants variaient.

– Comment vous sentez-vous? Vous avez eu un léger traumatisme crânien, consécutif à votre chute. Si tout se passe bien, vous devriez sortir demain. Nous allons vous garder vingt-quatre heures en observation, par prudence.

Le toubib avait une voix grave, apaisante. Ça changeait de la bande d'excités de l'autre nuit.

– Quel jour on est?

– Le sept juillet. On nous a prévenus hier soir vers sept heures, très peu de temps après votre accident de moto. Au fait, comment s'est-il produit? La route de Brunay est parfaitement droite à cet endroit.


Loïc réfléchit. Sept heures du soir. D'habitude, il débauchait toujours à six heures. Puis il allait au rendez-vous de Sylvie.

De quoi avaient-ils parlé tous les deux, ce soir-là?

– Je ne sais pas ce qui m'arrive. Je ne me souviens plus de rien.

– Ne vous affolez pas. Vous souffrez d'une amnésie partielle. C'est un trouble fréquent dans votre cas. Les souvenirs relatifs à la période qui entoure le choc sont momentanément effacés. Mais ils vont vous revenir peu à peu. Parfois, ça peut prendre jusqu'à deux mois. Vous avez eu de la chance de vous en tirer à si bon compte. Encore heureux que vous ayez porté un casque..

Loïc était seul dans la chambre aux murs blancs. L'infirmière avait remporté son plateau depuis longtemps. A mesure que l'après-midi avançait, la lumière qui filtrait à travers le store baissé progressait lentement vers son lit. Inlassablement, il reprenait tous les événements de la semaine passée. Ce moment de sa vie qui se dérobait à lui l'irritait profondément. C'était comme essayer de tirer de l'eau d'un puits avec un seau percé.

Voyons. Après la bagarre avec Dédé, ça avait été plutôt calme. Séchard était allé prendre un pot chez Gasnier, et avait clamé bien haut qu'à la place de l'arpète, il n'aurait pas laissé un seul verre intact. Le père de Joël était venu en estafette de gendarmerie tourner autour de la forge, l'air furax. D'autant plus furax qu'il avait reçu l'ordre de se la boucler. Fait presque incroyable, Dédé n'avait pas pris une seule cuite; on l'avait même vu sur la route de Châtellerault, monté sur une vieille mobylette qui consommait au moins deux litres d'eau de vie au kilomètre. Avec Sylvie, tout allait toujours pour le mieux. Personne n'avait repéré leur nouvelle cachette. Tout de même, il y avait eu ce rendez-vous bizarre, où ils s'étaient disputés parce qu'elle était arrivée en retard, et avait refusé de lui donner aucune explication.

Tout ça menait au six juillet, jour de son accident. Vers dix heures du mat', il avait vu Dédé partir à la pêche, avec des bouteilles qui s'entrechoquaient dans son panier à poissons. Il avait sans doute décidé de se rattraper de sa sobriété de la semaine, car il en tenait déjà une bonne. Séchard avait quitté l'atelier vers quatre heures, pour aller prendre les mesures d'un portail à la Haye-Descartes. Et c'est à partir de ce moment que tout se brouillait. Impossible de savoir s'il avait travaillé, s'il avait ou non vu Sylvie... Le gouffre, quoi. Le feuilleton reprenait dans l'ambulance.

La lumière donnait maintenant sur le mur

qui faisait face à son lit, et il remarqua enfin la reproduction de tableau, la seule qui décorait la chambre. C'était une scène de pique-nique au bord de l'eau. Fallait vraiment se creuser pour distinguer quelque chose, d'ailleurs; on aurait cru une de ces peintures que l'on fait à l'école avec des carrés de pommes de terre. Tout était flou. A moins que... il essuya la sueur de son front. C'était la fièvre qui lui brouillait la vue. Elle montait en lui comme une marée de feu. Dans la campagne verte, la rivière se tordait. Il tendit le bras vers la sonnette d'appel, et la vue de ses doigts noirs, maculés de mercurochrome, qui ressortaient contre le mur blanc, le fit frissonner. Il tint sa main un instant devant ses yeux, en claquant des dents. Il avait peur, maintenant. Le silence dans ses oreilles faisait un bruit de moteur. Pourvu que l'infirmière ne traîne pas. Il allait encore tomber dans les pommes.

— Alors, voilà que l'arpète a des vapeurs? Ça, c'est encore des combines pour laisser le patron faire tout le boulot!
— Mais ne crie donc pas, Gérard, tu vas lui redonner le mal de tête!

50

Ils étaient sapés comme pour aller chez le notaire : le père Séchard bougeait avec précaution, de peur de faire sauter les boutons de son veston aux épaules déformées par le cintre.

Mme Séchard, en chemisier blanc et jupe à fleurs, avait des airs de jeune fille qu'on va mettre au pensionnat. Loïc détourna la tête pour qu'ils ne voient pas ses yeux s'embuer. Ils n'avaient peut-être pas l'air aussi cool que les parents dont il rêvait presque chaque nuit, mais ils étaient venus à Châtellerault rien que pour lui, et ils avaient attendu sans bruit qu'il s'éveille. Sur la table de chevet, il y avait un fromage de chèvre, un pochon de brugnons, et une pile de polars qui montait jusqu'au plafond.

– Eh ben, Loïc, qu'est-ce qui t'arrive, c'est-y qu'ils t'ont coupé la langue ?

Il secoua la tête en souriant. Il n'osait dire « merci », ce mot-là n'avait aucun sens puisque n'importe qui s'en servait. Mais un jour, il saurait leur montrer combien il avait été touché.

– Tout se passe bien, à Vaillé ?

– Ça va, ça va... Ta bonne amie te donne le

bonjour. Elle aurait bien voulu venir, mais il y avait du travail à l'auberge.

Il crut déceler comme une réticence dans la voix des Séchard. Peut-être étaient-ils un peu jaloux de l'intérêt qu'il portait à Sylvie. Mieux valait changer de sujet.

– Qu'est-ce qui reste de ma Malag', patron? Vous avez vu où je me suis planté?

– Ah! mon pauvre gars, tu peux dire adieu à ton engin, il a fallu l'abattre. Il n'en reste même pas de quoi faire un presse-papier. Dès que tu reviendras, je te prêterai mon vélo, ça te fera le plus grand bien. C'est vrai, quoi, tu t'imagines pas que j'avais une moto, moi, quand mon père m'a placé en apprentissage! Non, monsieur, un vélo, avec une pédale d'homme d'un côté, et une pédale de femme de l'autre! Et je faisais mes vingt kilomètres par jour, été comme hiver.

– Tais-toi donc, Gérard, tu l'as déjà raconté trente-six fois. Ne l'écoute pas, Loïc. Le mécanicien de Brunay pense qu'il y a juste la roue avant et la fourche à changer. Si tu veux, on t'avancera l'argent. Mais il faudra nous promettre d'être prudent. Enfin, ça rime à quoi d'attraper un accident juste dans la ligne droite le long de la Gartempe? Fallait vraiment que tu fasses l'andouille!

Le silence s'installa. La question de Mme Séchard avait replacé Loïc devant le miroir de l'oubli, où dansaient des ombres furtives : que s'était-il passé le six juillet, après qu'il eut quitté la forge? Du coin de l'œil, il vit Séchard qui ouvrait la bouche pour parler, tandis que sa femme lui faisait des signes agacés.

– Mais enfin, Marie-Thé, quelle importance? Aujourd'hui ou demain, il faudra bien qu'il le sache! Loïc...

Il se racla la gorge.

– Dédé est mort. C'est pour ça que Sylvie n'a pas pu venir. L'enterrement aura lieu demain.

Loïc revit le visage creusé de rides, les yeux dont les paupières semblaient hantées par un inexprimable chagrin. Ainsi, le vieux pochard avait chaussé pour la dernière fois ses souliers à bascule!

A part Gasnier, qui avait perdu en Dédé au moins quarante pour cent de sa clientèle, personne ne le regretterait. Lui-même n'allait pas jusqu'à se réjouir, mais, enfin, la vie serait désormais plus facile pour Sylvie et lui.

– Comment c'est arrivé, patron?

– Tu te rappelles, quand on l'a vu partir à la pêche? Il était déjà rond comme une queue de pelle. Il a dû picoler pas mal sur sa barque, il y avait des bouteilles vides sur la berge. Alors, va savoir... peut-être qu'il a eu un malaise, en tout cas on a retrouvé la barque renversée, et le Dédé qui flottait à côté. C'est la seule fois qu'il a bu de l'eau, mais ça ne lui a guère réussi.

Dans la repro de tableau impressionniste en face du lit, la rivière ondulait comme un serpent. Loïc sentit tout son corps se piqueter de sueur.

– A... A quel endroit il s'est noyé?

Au bord de l'eau, la nappe du pique-nique était devenu un linceul, les enfants hurlaient. Loïc luttait de toutes ses forces contre un nouvel évanouissement. Il entendit vaguement Séchard raconter que Dédé s'était noyé environ deux kilomètres en aval de l'endroit où lui avait eu son accident.

Le ballon des enfants rebondissait dans l'herbe comme un soleil de sang.

# Chapitre 4

Séchard déposa Loïc à l'entrée du mauvais chemin bordé d'arbres qui menait à l'auberge de Dora. Le vent était lourd de l'odeur des blés échauffés. Le jour baissait doucement comme un drapeau glissant le long d'un mât. Un chien au loin lança quelques aboiements étonnés. Tant de douceur rendait le manque de Sylvie si intolérable que Loïc se mit à courir.

Il s'arrêta net au seuil de la cuisine. On aurait dit une cérémonie secrète : Sylvie, tout en noir, avait sa tête des mauvais jours; Dora, belle comme une victoire de monument aux morts malgré ses cinquante ans, le regardait de ses yeux moqueurs que les pires cancaniers de Vaillé redoutaient.

– Tiens, voilà notre acrobate! Pour cavaler comme ça, t'as pas dû te faire grand mal en tombant. Combien de temps ils t'ont gardé?
– Deux jours. Quand le patron m'a appris, pour Dédé, j'ai voulu sortir plus tôt et venir à l'enterrement, mais il n'y a pas eu moyen.

Dora se leva et secoua les miettes de son tablier.

– Bon, je vous laisse, je vais arroser. Et surtout, si ce mauvais drôle essaie de t'embrasser, appelle au secours.

Dès qu'ils furent seuls, Sylvie se jeta dans ses bras. Dans ses cheveux roux flottait l'odeur du deuil, poussière et naphtaline. Sur les mains et le visage de Loïc, le mercurochrome délavé faisait un maquillage d'Indien. Ils restèrent ainsi à se frotter l'un contre l'autre, comme deux animaux qui se reconnaissaient. Elle pleurait silencieusement contre son épaule.

– Tu as eu de la peine, pour ton père?
– Je ne sais pas. Je crois que c'est sur-

tout à la mort d'Evelyne que j'ai repensé.

Il la serra plus fort.

– Quand j'étais petite, il ne buvait pas. Il riait, il jouait avec nous. Qu'est-ce qui a bien pu le rendre comme ça?

Loïc faillit hausser les épaules. C'est pas parce que Dédé avait calanché qu'il fallait en faire un petit saint. Il avait bousillé la vie de ses deux filles, il avait laissé la boisson lui confire la cervelle comme une prune à l'eau-de-vie... Enfin, merde, même s'il avait eu des excuses au départ, elles étaient périmées depuis longtemps!

Sylvie sentit qu'il s'éloignait d'elle. Mais comment aurait-elle pu comprendre? Ce matin, ils étaient trois à suivre le corbillard : Dora, Séchard et elle. Derrière les fenêtres, ou à la terrasse du bistrot, les gens de Vaillé les avaient regardés passer comme un char du comice agricole. Toute sa vie, Dédé s'était débattu, avait hoqueté sous leurs yeux. Alors, si Evelyne s'était suicidée, qui donc était coupable? Etait-ce son ivrogne de père, ou la fausse amitié de tous ces minables qui avaient ri de lui comme d'un bourdon tombé dans un verre de pinard?

Dora passa devant la fenêtre et leur sourit.

– Allez, viens. On va faire un tour.

Il faisait presque nuit. Le braiement d'un âne retentit en une fanfare grotesque.

– Avant-hier soir, j'ai cru devenir dingue. J'étais en train de servir les clients, quand cet imbécile de Gilbert s'est amené en rigolant. Il disait que tu t'étais fait écraser comme un hérisson. Et à peine une heure après, les flics ont téléphoné qu'ils avaient trouvé le corps de mon père dans la Gartempe. Heureusement que Dora était là...

– A quelle heure il s'est pointé, Gilbert?

– Je ne sais pas... peut-être sept heures.

Ça concordait avec ce que lui avait dit le médecin de Châtellerault : l'ambulance l'avait ramassé vers sept heures. Il avait dû aller à son rencard avec Sylvie à six heures, comme d'habitude. Puis elle était repartie bosser à l'auberge, et lui avait repris la route de Brunay pour rentrer dîner chez les Séchard.

Mais oui, c'est comme ça que les choses s'étaient déroulées. D'ailleurs, il allait vérifier tout de suite :

– J'ai pas arrêté de réfléchir à ce que tu m'as dit sur Evelyne, ce soir-là, et...

– Quel soir?

– Mais... le soir de mon accident, pardi...

Elle fronça les sourcils :

– Qu'est-ce que tu racontes? Tu sais bien qu'on ne s'est pas vus; Dora avait besoin de moi. Je lui ai même demandé de passer à la forge te prévenir, quand elle irait faire les courses; tu ne te rappelles plus?

Il resta muet. Avec tout ce qu'elle venait de dire, le souvenir aurait dû éclater comme une fusée d'artifice. Il n'eut pas le temps de parler de son amnésie; une voiture venait de s'engager dans le chemin et roulait vers eux, phares allumés.

– C'est lui, c'est Adrien, s'écria Sylvie.

Qu'est-ce que c'était que ce mec? C'était la première fois qu'elle prononçait ce nom-là. Campée au milieu de l'allée, silhouette noire aux bras tendus dans la lumière aveuglante des phares, elle faisait signe à la bagnole. La brise du soir plaqua sa chemise contre les épaules de Loïc en une caresse flasque. Des ombres noires. Des mains dressées contre le soleil. Où avait-il vu cela? Il transpirait de peur. Lorsque la voiture, une vieille 403 blanche, s'arrêta à sa hauteur, il s'appuya au capot, chancelant. Le conducteur descendit, embrassa Sylvie, et se tourna vers lui:

– C'est toi, Loïc? Salut.

Il avait un peu récupéré, et ignora le nouveau venu. Non mais, pour qui il se prenait, ce guignol? Alors comme ça, n'importe qui pouvait arriver comme Batman au milieu d'une conversation, lécher les joues de ta gonzesse, et s'en tirer en disant : « Salut Machin »?

L'inconnu perçut l'hostilité de Loïc, et recula d'un pas pour que son visage soit dans la lumière des phares.

– Evelyne et moi, on devait se marier. Sylvie m'a beaucoup parlé de toi; il fallait bien qu'on se rencontre un jour, non?

Il avait peut-être trente ans, une dégaine que Loïc qualifia intérieurement d'« intello ». Dans sa voix, qu'il s'efforçait de rendre joyeuse et accueillante, il y avait l'écho d'un accord de blues.

– Pourquoi tu ne m'as jamais rien dit? demanda Loïc sur un ton de reproche.

Sylvie s'impatienta :

– Ecoute, Loïc, on se voit à peine une heure chaque jour, et moi, penser à tout ce qui touche à Evelyne, ça me fout en l'air. C'est pour ça que je ne t'ai rien dit. Allez, arrête de faire cette tête de bouledogue. Je t'assure qu'Adrien est un type bien. D'ailleurs, quand il a appris ton accident, il n'a pas cessé de me demander de tes nouvelles.

Loïc le regarda, surpris. Adrien attendait, un sourire timide aux lèvres. Son visage avait cette expression de souffrance de ceux qui se préparent à accomplir un acte de courage à la limite de leurs forces. Il finit par dire :
– Au fait, comment c'est arrivé, cet accident? Sylvie n'a pas été capable de me le dire.

Loïc haussa les épaules :
– J'en sais rien; paraît que j'étais dans une ligne droite. Je me suis réveillé dans l'ambulance. A l'hosto, ils ont dit que j'avais une « amnésie partielle ».
– Sans blague! Tu veux dire que tu ne te souviens de rien du tout?

Loïc hésitait à se déballonner. Il lui était

plutôt sympa, ce mec, même s'il était un peu jaloux de l'estime que Sylvie lui témoignait. Mais il le connaissait encore trop peu.

— Non, vraiment que dalle.

Adrien prit un air gêné :

— Dis, si tu as besoin de fric pour réparer ta bécane...

— Pas la peine, je me suis arrangé... enfin, merci quand même.

Loïc lui tendit la main. La poignée de main d'Adrien était ferme et râpeuse de cals.

A la terrasse du restaurant de Plaumartin où Adrien les avait invités, personne ne risquait de les reconnaître. Des papillons voletaient autour des réverbères de la place, et leurs ombres démesurément agrandies palpitaient comme des éventails. Sylvie s'appuyait contre Loïc, toute chaude et amollie de fatigue. Rousse comme une crème au caramel, et douce comme une mousse au chocolat. C'était la carte des desserts à elle toute seule, cette fille. Adrien les regardait, et la chaise à côté de lui vibrait de l'absence d'Evelyne. Adrien Portalis. Ses cheveux noirs et son teint mat rappelaient à Loïc une chanson country and western, l'histoire d'un « juif mexicain de San Diego, pauvre, paresseux, et ivre de liberté ». Il tenait un magasin de brocante à Châtellerault, et passait par des périodes alternées de travail, de flemme, de rêverie, et de désespoir. A plusieurs reprises, Loïc vit passer dans ses yeux l'hébétude de ceux qui attendent sur un quai de gare quelqu'un qui ne viendra pas.

Il se sentait presque en paix, ce soir. Il n'avait que des amis. Si seulement il pouvait pénétrer dans la zone interdite, assécher le marécage d'oubli et de peur qui emplissait sa tête.
– Ça vous arrive, des fois, d'avoir des espèces de rêves qui reviennent tout le temps?... Enfin, pas des vrais rêves, plutôt des souvenirs de quelque chose qu'on n'a pas fait.
– Loïc, tu racontes n'importe quoi; tu as trop bu, dit Sylvie tout ensommeillée.
– Moi, je sais ce que tu veux dire, murmura Adrien. Il y a des instants que je revois sans cesse. A l'époque, je croyais qu'ils étaient totalement anodins. Et maintenant, je me dis que si j'avais agi différemment, toute ma vie aurait basculé.

Il fallait que Loïc se confie. Ils seraient là tous les deux, pour le soutenir s'il s'évanouissait de nouveau. Alors, il parla de la rivière, du serpent aux eaux glauques, dont parfois le soleil faisait luire l'œil de bronze terni. Il parla des mains crispées qui crevaient tout à coup la vase et se tendaient vers lui. Adrien, passionné, le pressait de questions.

Loïc s'interrompit brusquement. Il allait y avoir droit encore une fois, il le sentait. Le visage d'Adrien devenait flou, masqué par de la bruine. Quelle connerie avait-il faite, pendant ces deux ou trois heures que sa mémoire avait empaumée comme une carte truquée? Il vacilla sur sa chaise.

Sylvie l'attrapa par le bras juste comme il allait s'affaler par terre. Elle essuya son front dégoulinant de sueur.

– Qu'est-ce qu'ils ont bien pu te coller dans les veines à l'hosto, mon pauvre Loïc? Tu débloques complètement! Laisse donc ta rivière et tes fantômes. D'ailleurs, pas besoin d'être futé pour savoir où tu as pompé tout ça : la rivière, c'est la Gartempe. Normal, tu la longeais au moment où tu t'es ramassé ta gamelle. Et les mains, même topo : lorsqu'on tombe, on met toujours les mains en avant pour se protéger, pas vrai? Ce sont tes propres mains dont tu as gardé l'image. Et voilà. Je crois que tu devrais prendre un café.

Loïc sourit gauchement. Le brouillard de peur se levait peu à peu. Les choses semblaient si simples tout d'un coup.

# Chapitre 5

Sept heures du matin. La radio de l'atelier déversait à pleines chasses d'eau les calamités mondiales. Séchard, grimpé sur un établi, faisait la chasse aux araignées dont il brûlait les toiles avec son briquet, parce que sinon, « ça fait désordre », disait-il. Il était d'excellente humeur :
– Ah! l'arpète, on s'en va faire la foire dans le dos de son patron, on rentre à des pas d'heures? Attends, mon gars, j'ai prévu de quoi te réveiller. On va voir ce que tu as dans les muscles.

Loïc, qui ratissait le machefer de la forge, lui adressa un sourire épuisé par avance; il avait repéré le lourd marteau à frapper devant, que Séchard avait mis à tremper dans un seau d'eau pour faire gonfler le bois du manche. A tous les coups, ça voulait dire : défenses de fenêtre en fer arraché. Tout le long d'une barre de fer plat, on découpait à l'aide d'une sorte de burin manché, la tranche, des pointes recourbées. Séchard sauta de son perchoir, très content de lui :

– Tu ne t'en doutes peut-être pas, mon petit Loïc, mais d'ici à ce soir, il faut qu'on ait sorti vingt bons mètres de fer arraché.

« Tiens, qu'est-ce que je disais! Ah! le salaud, il veut ma mort », pensa Loïc.

A huit heures, Loïc s'assit sur l'enclume, pantelant; ses paupières brassaient la sueur de son front comme des nageoires, et ses mains semblaient soudées au manche du marteau. Mais déjà Séchard, le sourire aux lèvres, tirait un autre fer de sous la croûte de charbon incandescent.

– Allez l'arpète, en position!

Là où Loïc avait posé ses fesses, l'enclume était humide. Séchard posa la tranche sur la ferraille qui pétillait légèrement :

– N'oublie pas, il faut que la panne de ton

marteau arrive bien parallèle au-dessus de la tranche. Qu'est-ce que tu sicotes? Tape donc plus fort! T'as du jus de chapeau dans les bras, ou quoi? Mon pauvre garçon, tu tapes comme une bonne sœur, aujourd'hui. Arrête, le fer est froid maintenant, c'est plus la peine.

A neuf heures, Séchard décréta qu'il était grand temps que l'arpète se refasse un peu de sang, et il lui fourra un sandwich au pâté sous le nez. Loïc, peu à peu, reprenait son souffle. Il tâta ses biceps gonflés d'acide lactique; encore deux séances comme celle-là, et il pourrait poser pour les publicités Bullworker.

Dehors, les ménagères qui traînaient leurs cabas noirs paraissaient encore plus moches et plus revêches dans le soleil du matin. Des types mal rasés, en bérets et bleus délavés, passaient sur leurs vélos grinçants et jetaient des regards furtifs vers l'atelier. L'orgue de Barbarie d'une journée comme les autres avait commencé à tourner. Loïc engloutit voracement son casse-croûte. Il était en sécurité dans cette bulle de vacarme et de fatigue joyeuse. Ses yeux, soudain, s'arrêtèrent sur le tableau noir où était inscrit le boulot de la semaine. Il y avait un truc à demi effacé : « ... pas venir ce soir... Dora. » Ça ne pouvait être que Dora qui avait marqué ça, le soir de son accident, pour le prévenir de l'absence de Sylvie. Séchard était parti à quatre heures à la Haye-Descartes. Donc, elle était venue après quatre heures, et ne l'avait pas trouvé. Qu'est-ce qu'il avait bien pu foutre entre quatre et sept heures ? Il savait bien qu'il n'était pas du genre à débaucher dès que Séchard avait le dos tourné. Ici, dans la chaleur de la forge, les fantômes de la rivière ne pouvaient pas l'atteindre. Et puis, Sylvie lui avait tout expliqué la veille : les mains aux doigts écartelés qui se tendaient vers lui, c'était ses propres mains qu'il avait mises en avant pour parer le choc.

Il était devenu si pâle que Séchard le remarqua :

– Allons bon, voilà que j'ai tué mon arpète ! Laisse tomber la forge, tu vas aller me faire du traçage dans la salle de découpe.

La salle de découpe, sorte de remise où Séchard entassait ses tôles et ses chalumeaux, parut glaciale à Loïc. Ces trois heures de sa vie, plus insaisissables que l'ombre d'une fumée, le terrorisaient.

Sur une brique réfractaire reposait une sorte de petit emblème, un S dans un cercle. Il ne se souvenait pas avoir tracé, découpé et limé ce morceau de ferraille, et pourtant, c'était lui qui avait fait cela, pas de doute : c'était une boucle de ceinture pour Sylvie.

Il entrevit une solution : Dora ne l'avait pas trouvé parce qu'il était occupé à bricoler dans la salle de découpe. Vers six heures, il avait fermé l'atelier en vitesse, sans voir le message qu'elle lui avait laissé, et il était allé au rendez-vous de Sylvie. Après avoir poireauté jusqu'à sept heures, il avait coupé à travers champs pour rejoindre la départementale de Brunay. Et au moment où il avait débouché sur la route, une voiture l'avait fauché. C'était ça ! Et si seulement il pouvait aller sur place immédiatement, il était certain que sa fichue mémoire se déboucherait d'un coup comme un lavabo. Le vélo de Séchard était appuyé contre les bouteilles du chalumeau. En se dépêchant, ça lui prendrait à peine une demi-heure de faire l'aller-retour.

Sous le soleil de dix heures, le goudron cuisait comme la croûte d'un quatre-quarts. Loïc pédalait avec rage. Pour la discrétion, bonsoir! Tout Vaillé l'avait vu partir, et il avait failli prendre une nouvelle gamelle lorsque les volailles de la mère Macé, l'ennemie jurée de Séchard, s'étaient stupidement jetées dans ses roues.

Il atteignit enfin le pont de pierre qui abritait ses rendez-vous avec Sylvie, et attendit quelques instants. Rien de rien. Ça ne venait toujours pas. Autant gratter des allumettes humides. Tant pis, il fallait continuer, retrouver le trajet qu'il avait effectué pour rattraper la route.

Sous lui s'étirait la voie ferrée que bordaient de chaque côté des champs moissonnés et des champs de maïs. Il n'avait pas coupé par là en moto, il n'aurait pas pu franchir les clôtures. Alors, quoi d'autre?... Oui, c'est ça, il avait roulé sur la voie ferrée jusqu'au passage à niveau. Allez, en selle!

Tu parles d'une idée débile! Traverses en bois et machefer contre pneus de vélo, c'était un combat perdu d'avance.

Lorsqu'il déboucha sur la route, il avait les fesses en compote.

De plus, le passage à niveau était vraiment très éloigné de l'endroit de son accident, que Séchard lui avait indiqué le matin. Il s'était gouré sur toute la ligne. Il reprit tristement la direction de Vaillé. Le soleil était presque au zénith, l'ombre du vélo rampait sur le goudron. Dans l'herbe du fossé, il vit briller des débris de verre. Son rétro ou le phare de sa Malag'. Il ne s'arrêta même pas. Entre les troncs des peupliers, la Gartempe le surveillait de son œil terne.

Devant lui, la route épousait la courbe de la rivière. Ses jambes devinrent flageolantes sur les pédales. A chaque battement de cœur, le sang déferlait en lui comme une vague. Sur les eaux que la canicule avait recouvertes d'une taie grisâtre, une barque à demi immergée semblait ricaner de toute sa gueule vermoulue. La barque de Dédé. C'était là qu'il l'amarrait toujours. Loïc coucha son vélo sur la berge spongieuse, et se tint immobile, le souffle court. C'était là que Dédé s'était noyé. Mais ce n'était pas un accident. Chaque roseau était un long doigt accusateur, qui se balançait dans le faible courant, guettant le coupable. Il revit toutes ces mains maculées de boue tendues pour demander de l'aide, ou frapper une dernière fois. On avait tué Dédé. Et le meurtrier ne pouvait être que Loïc. Les araignées d'eau faisaient la planche, insouciantes, à l'endroit même où la vie de Dédé était remontée de l'eau en un risible chapelet de bulles.

Il resta longtemps prostré, assis sur ses talons. Est-ce qu'il aurait dû éprouver du remords? Après tout, ce poivrot, c'était pas grand-chose, et nul doute que s'il avait rencontré Loïc un soir de mauvais vin, il n'aurait pas hésité à décrocher son fusil. Mais ce que Loïc avait noyé dans la Gartempe, en même temps que Dédé, c'était lui-même. Jamais plus il ne pourrait regarder Sylvie en face. Une saloperie d'insecte lui zonzonna aux oreilles. D'un revers de main, il le chopa en plein vol, et contempla, hébété, la bouillie d'ailes bleues sur ses doigts. La veille encore, il avait un copain, et une fille douce comme un petit chat serré contre lui. C'était ça, l'espoir : une libellule de lumière que l'on écrasait en voulant la saisir. Il avait sacrément raison, Pithiault, lorsqu'il disait qu'il pourrait cogner tant qu'il voudrait sur les gens de Vaillé, mais qu'ils finiraient par le renvoyer d'où il venait. Pour l'instant, Dédé était une affaire classée, mort accidentelle par immersion, regrets éphémères et fleurs artificielles. Mais pour combien de temps? Ça prendrait un mois ou dix ans, mais ces fichues mains de macchabée qui flottaient sur ses rêves comme des nénuphars, un jour, lui sauteraient au cou pour le faire avouer. Sur l'autre rive, on moissonnait. Il ne donnait pas plus cher de son avenir que d'un coquelicot devant la moissonneuse.

Dans le bruit de succion de la berge sous ses godasses, dans le couinement des freins du vélo, il entendait déjà les railleries des minables de Vaillé. Le ciel était d'un bleu de crayon de couleur. Dans les champs, des types s'affairaient à ramasser des bottes de paille, comme dans un tableau qui décorait le réfectoire de Haute-Pierre. Sûr qu'avant même la fin des moissons, on l'aurait expédié dans un centre à côté duquel Haute-Pierre serait une vraie fête foraine.

Il était si abattu qu'il lui fallut plusieurs

secondes pour comprendre qu'il y avait du monde derrière lui. Une 125 et deux mob'. Joël et ses chiens savants. Les paroles de Pithiault lui revinrent : « Ne rentre pas dans leur jeu. » Tu parles! Au point où il en était, il aurait presque souhaité que ces clowns viennent se frotter à lui. Joël ne fut d'ailleurs pas long à ouvrir sa grande gueule :

– Alors, le nègre, t'es allé prier sur la tombe de ton beau-père?

Une joie mauvaise s'empara de Loïc. Qu'ils l'envoient en centre, en taule, chez les moines, ou comme cobaye dans un laboratoire pharmaceutique, au moins il saurait pourquoi! La 125 repeinte couleur camouflage pétaradait à sa hauteur. Il sauta dessus comme il avait vu faire à la télé dans les rodéos. Les deux bécanes s'enchevêtrèrent, et il roula avec Joël sur le goudron.

– Laissez-le-moi! cria celui-ci à ses deux mousquetaires, qui n'avaient même pas compris ce qui venait d'arriver.

De la poche de son treillis dépassait un *nunchaku*, cette matraque japonaise inspirée du fléau des paysans; il la brandit, et fit une série de moulinets qui sifflèrent dans l'air.

– Vas-y, frime pendant que tu peux encore, lui jeta Loïc.

Il tournait autour de Joël, guettant le moment où son adversaire utiliserait son machin artisanal, deux bâtons de frêne reliés par quelques maillons de chaîne à chien. Il se sentait libre, léger, tout son désespoir s'était concentré dans ce punching-ball à pattes, et il allait le dérouiller tout son saoul.

Joël hésitait à employer son arme absolue. Si on n'est pas très doué, avec ces trucs-là, on a vite fait de se ramasser un retour de manivelle. Finalement il s'énerva, tenta un coup à hauteur de visage, que Loïc esquiva d'un bond de côté. Après, ce fut comme aux cartes lorsque l'on compte belote et rebelote : coup de boule dans l'estomac, manchette sur le nez, et coup de pied dans les côtes.

Au « dix de der », Joël, à quatre pattes, saignait du pif sur le goudron. Ses deux lieutenants en veste couleur concombre n'étaient visiblement pas chauds pour subir le sort de leur chef.

Et Loïc, tout en dégageant les rayons de son vélo des cale-pieds de la 125, se rendait compte qu'il n'était pas plus avancé qu'avant.

# Chapitre 6

Le gros réveil Mickey indiquait quatre heures et demie du mat'. Le frigo entrouvert ronronnait doucement. Loïc posa son verre vide dans l'évier avec précaution. Dans la maison endormie, le moindre bruit se propageait comme un saut de carpe à la surface d'un étang. Les Séchard roupillaient à poings fermés.

Ça avait drôlement bardé la veille, quand Loïc était rentré à l'atelier, taché de boue, avec le sang de Joël sur sa cotte déchirée. Séchard avait hurlé que s'il continuait à faire le con comme ça, il ne pourrait pas le garder chez lui. Et Loïc lui avait ri au nez, parce que c'était sans doute la meilleure solution.

Toute la soirée, il avait ruminé l'idée d'un départ en stop vers Angers, Laval, Nantes, n'importe où. Il y avait toujours un bistrot où il pourrait se recommander du grand frère d'un copain. Et si ça ne suffisait pas, les mecs là-bas se rendraient vite compte qu'ils avaient affaire à un battant. Il valait mieux tout plaquer d'un coup, plutôt que de voir ce qu'il avait de plus cher – Sylvie, les Séchard – lui filer entre les doigts comme une poignée de sable. Puisqu'il avait tué Dédé, tôt ou tard, tout lui serait retiré.

Oui, mais est-ce qu'il l'avait vraiment buté? Dieu sait s'il avait rêvé, avec Bob et Jean-Jean, de guetter le directeur du centre dans un couloir pour lui éclater la tête à coup d'extincteur. Et hier, quand il avait balancé son poing dans le groin de Joël, ça n'avait peut-être servi à rien, mais qu'est-ce que ça lui avait fait du bien!

Dédé était mort noyé. Loïc essaya de s'imaginer appuyant sur les épaules d'un mec, comme on lave ses chaussettes sales dans un lavabo de chambre d'hôtel. Il frissonna de dégoût. Ça ne lui ressemblait vraiment pas. Des méthodes comme ça, c'était bon pour les nazis dans les films.

Et puis d'abord, pourquoi Dédé? Pour buter quelqu'un, il faudrait au moins que ce quelqu'un donne l'impression d'exister : Gilbert, par exemple, qui se prenait pour un tombeur, et racontait toujours les mêmes histoires d'autostoppeuses, auxquelles plus personne ne croyait. Ou bien Lecomte, tellement mauvais mécano qu'un de ses clients, en sortant sa voiture du garage, avait été doublé par sa propre roue avant. Des guignols pareils, qui se prenaient pour des flèches parce qu'il existait quelqu'un de plus minable qu'eux, avec quelle joie Loïc leur aurait mis le nez dans leur nullité, à coups de poings!

Mais Dédé! Une pauvre cloche qui s'était renié lui-même, un mort vivant pour ainsi dire! C'était bien la dernière personne qu'il aurait eu envie d'effacer.

Et puis, il y avait Sylvie! Rien qu'à cause d'elle, Dédé était sacré, intouchable.

Il secoua la tête avec lassitude. Comme avocat marron, il aurait été vraiment au poil.

Evidemment, en gommant ici et en rognant par là, ça paraissait complètement impossible qu'il ait tué Dédé. Il était presque arrivé à s'en convaincre. Mais il savait ce qui se passait dès qu'il chopait les glandes : les mains qui tremblent, les mâchoires tellement serrées qu'elles vont crever la peau des joues, et puis, tout à coup, il ne s'appartenait pas plus que la lame jaillie du cran d'arrêt, ou que la balle qui se vrille dans l'air : il n'y avait plus devant lui qu'un obstacle à détruire.

Son destin s'était joué là-bas, dans les eaux vertes de la Gartempe, sous le regard des peupliers indifférents. Partir, c'était avouer sa culpabilité. S'il y avait une chance qu'il soit innocent, il fallait qu'il la découvre. Par respect pour lui-même, et par amour pour Sylvie.

Il resterait. C'est le père Séchard qui allait en faire une tête, tout à l'heure, quand Loïc lui promettrait solenellement de se tenir à carreau.

On était samedi, le jour où quelques maraîchers montaient leur étal sur la place de Vaillé. Bien que la plupart des habitants cultivent un potager, il y avait toujours foule pour acheter et vendre des salades, au sens propre comme au sens figuré. C'est ainsi qu'à huit heures et demie, on apprit de la bouche de la mère Macé que le malheureux Joël Routier avait été provoqué et roué de coups par le voyou de chez Séchard. Le fils d'un gendarme, vous vous rendez compte! A neuf heures, non seulement Joël, mais aussi ses deux soldats avaient été défigurés à l'aide d'un « nom d'shako », arme redoutable et prohibée qui combinait les avantages du gourdin, du rasoir et du fusil à canon scié. A neuf heures et demie, Mme Thimonier, *la Nouvelle République* à la main, lut à haute voix un fait-divers où il était question d'un détenu permissionnaire qui avait tardé à regagner sa prison. Ce fut un tollé d'indignation, et on conclut qu'il était urgent de restaurer le bagne de Cayenne et de supprimer les lits à baldaquins dans les cellules. « Enfin quoi, ces gars-là, c'est du puni, pas vrai? Ils sont là pour en baver! »

Quand Loïc, à dix heures moins cinq, traversa la place pour poster un paquet de factures, les regards qui se tournèrent vers lui étaient lourds comme des crachats. Cela ne lui fit ni chaud ni froid, car il avait décidé de suivre enfin les conseils de Pithiault et de laisser baver les crapauds.

Ce qui l'inquiéta beaucoup plus, ce fut la visite à la forge de Gasnier, chicots brossés, et calvitie astiquée. En qualité d'adjoint au maire, il venait avertir Séchard que le prochain conseil municipal porterait sur « la nécessité de purger Vaillé de certains éléments indésirables. » Décidément, les westerns du dimanche lui étaient montés à la tête, à ce gros navet! Ce que Loïc redoutait, ce n'était pas tant le goudron et les plumes, mais la vie de chien qu'on allait lui mener. Combien de temps tiendrait-il le coup contre leurs calomnies? A force de lui tendre des pièges, ils parviendraient bien à lui faire faire une boulette, une vraie, et alors là, bonsoir! les poings contre les mauvaises langues, il était sûr de perdre. Et Séchard ne pourrait plus rien pour lui.

Le seul qui pouvait encore rattraper ce gâchis, c'était Pithiault. Il fila lui téléphoner dès que Gasnier eut tourné les talons. Si on lui avait dit, deux mois plus tôt, qu'il aurait eu besoin des keufs comme n'importe quel bon citoyen, il aurait bien rigolé. Le chef de brigade, qui devait partir l'après-midi en permission de longue durée, rouspéta, sermonna Loïc, et finit par lui fixer un rendez-vous chez Gasnier même, à deux heures.

Quand Loïc se pointa au bistrot, il régnait une atmosphère d'étude après le passage du censeur. Les joueurs de belote ramassaient leurs plis d'un air penaud. Marcel le boiteux lisait et relisait le calendrier des foires et comices. Même le percolateur percolait en sourdine. Phithiault, en pantalon blanc et polo bleu, surveillait tout le monde d'un air de dompteur.

– Tiens, bonjour, Loïc, ça fait longtemps qu'on ne t'avait pas vu. Qu'est-ce que je te sers?

– Un panaché.

Il en avait sacrément rabattu depuis le matin, le père Gasnier. Rien de tel qu'un bon remontage de bretelles de temps en temps!

Il y eut dix minutes de silence pesant. Loïc, assis à côté de Pithiault, n'osait pas trop lever les yeux. Enfin, on entendit un moteur de 125.

– Ah! tout de même, c'est pas trop tôt, grommela Pithiaut.

Joël, qui était entré dans son habituel ferraillement de godasses cloutées, eut un rictus de haine en reconnaissant Loïc.

– Quand je dis deux heures, c'est pas deux heures dix, tu m'entends, Joël. Il paraît que tu incorpores le mois prochain. Continue comme ça et je te promets que tu n'iras pas bien loin. Allez, assieds-toi.

Dans la petite salle, personne ne perdait une miette de la conversation.

– Maintenant, écoutez-moi bien! Vous ne pouvez pas vous piffrer, d'accord, c'est votre droit. Alors, puisque vous le savez, au lieu de vous voler dans les plumes, changez de trottoir, regardez ailleurs quand vous vous croisez, n'importe quoi. Vos empoignades de gamins dans la cour de récréation, j'en ai par-dessus la tête! Si j'apprends encore une fois que vous avez troublé l'ordre public, je ne vous raterai pas, vous pouvez me croire. Et c'est surtout pour toi que je parle, Joël. Enfin, bon sang, tu es majeur, oui ou non? Et en plus, tu veux t'engager dans l'armée!

Dis-toi bien qu'un rapport de gendarmerie, ça intéresse toujours les autorités militaires.

Il se leva pour régler les consommations.
– C'est tout. Je ne vous dis pas de vous serrer la main, vous seriez capable de vous bigorner. Et vous, monsieur Gasnier, pas de zèle inconsidéré, compris? Je connais mon métier. Et je me passe très bien des justiciers bénévoles. Loïc, tu m'accompagnes, j'ai deux mots à dire à ton patron.

Dès qu'ils se furent un peu éloignés de la place, Pithiault s'arrêta et saisit le coude de Loïc :
– Tu te rappelles ce que je t'avais dit la dernière fois? Tu vois ce qui se passe, ici, quand on se sert de ses poings. Je vais être parti quinze jours. Celui qui commandera la brigade en mon absence, c'est mon adjoint, Marc Routier. Je n'ai rien à dire contre lui, c'est un aide parfaitement consciencieux. Mais enfin, Joël est son fils. Alors, tu as intérêt à te faire oublier.
La 403 blanche d'Adrien s'engagea dans le boulevard Blossac. Sur la radiocassette, la

voix de Jim Morrison, lointaine comme une buse planant dans un ciel vide, parlait d'amour, de regret, et d'ennui. Loïc s'étira d'aise sur le siège de skaï rouge. C'était vraiment la classe, une vieille caisse avec une carrosserie et un moulin impeccable.

– J'espère que vous aimez les truites grillées; la pêche a été bonne ce matin, dit Adrien.

C'était l'heure où les ombres allongent lentement leurs caresses de soie, où le soleil à l'horizon est comme une tranche de citron dans un verre d'apéro. Et dire que le matin même, sans l'intervention de Pithiault, il y avait presque du lynchage dans l'air! Comparé à ce bouillon de culture de Vaillé, Châtellerault, c'était San Francisco. Loïc souleva les longs cheveux de Sylvie, et lui glissa un baiser dans le cou.

– Au fait, vous avez permission jusqu'à quelle heure?

– Toute la nuit si je veux; les Séchard m'ont laissé une clé, ils sont à un tournoi de tarot.

– Moi aussi, dit Sylvie. Dora m'a seulement demandé d'être à l'auberge demain avant sept heures.

Ils traversèrent le pont Henri IV, et s'arrêtèrent dans une rue tranquille perpendiculaire à la Vienne, devant un large panneau : Brocante. C'était là qu'habitait Adrien, dans une petite maison de maître dont il avait transformé le rez-de-chaussée en magasin. Sur le trottoir d'en face, les néons du Café du Progrès clignotèrent et emplirent la rue d'une vibration bleutée. Le patron, un grand moustachu avec une boucle d'oreille, leur fit signe de la main.

– T'as pas peur qu'on vienne casser chez toi? s'inquiéta Loïc. Tes serrures sont vraiment bidon.

– Oui, je sais, mais avec le bistrot, il y a toujours du monde dans la rue. Et puis, je fais surtout dans les vieux meubles. C'est pas très discret à embarquer. A propos, si jamais vous venez et que je ne sois pas là, les clés sont chez Bernard, au Progrès. Je lui ai parlé de vous.

Dans le jardin, une treille abritait une autre 403, un modèle bâché, de couleur noire.

– Eh ben, dis donc, tu les collectionnes! s'exclama Loïc.

– Pas du tout, celle-là, je m'en sers tous les jours pour transporter les grosses pièces. C'est vraiment increvable, ces bagnoles; enfin presque... la noire vient de tomber en panne. Remarque, à deux cent mille bornes, on ne peut pas lui en vouloir.

Le début du repas fut très gai. Sylvie, que Loïc avait toujours connue épuisée et assoiffée de réconfort dans leurs rendez-vous de fin du jour, semblait enfin insouciante. Tout à coup, Adrien se leva :
– Il n'y a plus de vin; je descends à la cave remplir la carafe.

Son sourire était devenu douloureux.
– Personne ne veut plus boire, Adrien, dit doucement Sylvie. Reste donc avec nous.

Il se détourna, la lèvre tremblante.
– Excusez-moi; c'est avec vous deux que je me sens le mieux. Mais je n'arrête pas de penser à Evelyne. Tous nos rires de ce soir, elle devrait être là pour les partager.

Sa voix était triste comme le souffle du vent sur une carcasse d'auto rouillée. Il se rassit.
– Vous me comprenez, n'est-ce pas? Je suis là, à mener la même vie qu'il y a trois ans

avant de la connaître, et tout autour de moi, il y a les fantômes de celui que j'aurais pu être si elle était encore vivante.

Il passa la main dans la chevelure de Sylvie.

– Bon sang, c'était vraiment quelqu'un, tu sais, ta sœur. Quand je pense au temps que j'ai pu gâcher! J'avais peur qu'elle tombe amoureuse de moi simplement parce que j'étais le premier à être gentil avec elle. Je ne t'ai jamais raconté comment on s'est rencontrés, Sylvie?

A chaque mot, il semblait se recroqueviller, comme une lettre jetée au feu dont on lit encore les lignes avant qu'elle ne soit cendres.

– J'étais allé chez le coiffeur, et c'est elle qui m'a fait ma coupe. C'est bête, pas vrai? Elle était là, à tourner autour de moi avec ses ciseaux, petite, droite comme une statue. Elle ne portait ni maquillage, ni parfum. Je la voyais dans la glace. Elle avait un visage de princesse de science-fiction. Après, je me suis planqué à la terrasse d'un café pour la voir sortir. Quand elle est passée devant moi sur sa moto, elle m'a fait un petit signe.

Il continuait de caresser distraitement le cheveux de Sylvie.

– Elle me parlait souvent de toi. Elle voulait tellement que tu t'en sortes. Pour elle, je ne me faisais pas de soucis. Je lui avais proposé de l'aider à ouvrir un salon de coiffure, mais elle y serait arrivée même sans moi. C'était – comment te dire – comme un arc et une flèche, ta sœur... souple, forte, infaillible...

Dans les yeux d'Adrien brillait le feu des jours perdus.

# Chapitre 7

Les fourneaux de Dora dans le dos, et
l'eau de la plonge jusqu'aux coudes, Sylvie
avait l'impression de devenir folle. Saleté de
dimanche!
– Sylvie! arrête un peu la vaisselle, recoiffe-
toi et va servir; il y a du monde.
Quand elle poussa avec précaution la
porte donnant sur la terrasse, le plateau
d'apéros sur les bras, Sylvie faillit avoir un
haut-le-cœur. L'eau de cologne se mêlait à
l'odeur visqueuse des herbes de rivières et
du tourteau. Ils étaient bien une demi-
douzaine en cuissardes de pêche, lézards
verts avachis sur les fauteuils de jardin –

Gilbert, Marcel, Michel, le commis du bou-cher, Nœnœil, le peintre...
– Des matinées comme ça, c'est découra-geant! Des touches, rien que des touches, et une malheureuse brème!
– Ils auraient dû laisser Dédé à la flotte, ça aurait appâté.
– T'es pas fou? Avec tout ce qu'il avait bu, les poissons auraient nagé en rond.

Ils se turent en entendant cliqueter le plateau. Leur air faussement contrit les ren-dait encore plus hideux. Tomate-pernod, perroquet, suze-cassis... Leurs yeux bouffis ne la quittaient pas, elle le savait. Qu'ils boivent et qu'ils en crèvent! Michel dit à mi-voix, tandis qu'elle s'éloignait :
– A mon avis, il tenait trop bien la marée pour tomber tout seul de sa barque. C'est le p'tit négro qui l'a poussé.

Elle passa la porte de l'auberge sans se retourner, la tête droite, les mâchoires con-tractées pour contenir une envie folle de leur hurler son mépris. Leurs calomnies allaient bientôt se répandre dans tout Vaillé. Ils la feraient souffrir, comme ils avaient brisé son père...

Et pourtant... elle n'aimait pas les rêves qui hantaient Loïc. Une première fois, elle s'était rassurée à bon compte, mais combien de temps encore pourrait-elle se mentir? Ces mains désespérément tendues n'étaient-elles pas celles d'un homme que l'on noie? Il ne lui manquait guère, ce père fantoche qui avait toujours exigé de ses filles le respect auquel il ne pouvait plus prétendre. Mais elle pressentait que tout son amour pour Loïc mourrait à l'instant même où elle aurait la conviction qu'il était coupable. Jamais elle ne lui pardonnerait d'avoir été l'instrument de Vaillé, la perche avec laquelle Marcel, Gilbert et les autres pourris avaient enfoncé Dédé dans les eaux mornes de la Gartempe.

Son chlasse! il avait paumé son chlasse. Un Laguiole superbe avec manche en ivoire. Le cadeau de Pierre, son éducateur de Jouay-les-Tours. Il n'était pas dans les poches de sa cotte, ni dans son jean, ni...
– Qu'est-ce que tu farfouines, l'arpète? Occupe-toi donc de ton travail! Ça pétille, t'es en train de cramer ta ferraille.
Loïc sortit sa pièce du foyer dans un brasillement de feu d'artifice, et la plongea

tout penaud dans le bac à trempe. Autour du fer, l'eau se mit à bouillonner.

– Et voilà, encore une de foutue! grogna Séchard. Ah! tu commences bien ta semaine, mon p'tit Loïc. A voir tes yeux de crapaud mort d'amour, c'est ta bonne amie qui te donne du souci.

Il ne croyait pas si bien dire, le père Séchard. La veille, quand il avait retrouvé Sylvie sur le petit pont de pierre, Loïc avait tout de suite perçu que quelque chose clochait. Elle était raide dans ses bras, et ses yeux verts ne cillaient pas. Ce n'était pas seulement la fatigue d'un dimanche passé à l'auberge. Elle l'épiait. Elle se doutait de quelque chose. Peut-être qu'Adrien lui avait parlé.

Adrien savait, Loïc en était persuadé. Samedi soir, à la fin du repas, pendant que Sylvie était dans une autre pièce, il lui avait posé quelques questions au sujet de son accident. Ça avait été le cirque habituel, suées et vertiges... Il avait dû s'étendre sur un divan. Etait-ce encore un rêve, ou était-ce le souvenir qui revenait enfin? Il avait eu la vision fugitive d'une barque où deux hommes debout luttaient. Le soleil couchant mettait sur la rivière des clapotements d'or sale. Puis la barque flottait mollement, à demi remplie d'eau. Des mains surgissaient tout à coup, tentaient d'empoigner le rebord de bois, glissaient, et le rideau liquide se refermait inexorablement. Entre les deux scènes, rien. On aurait dit des coupures de film mal raccordées.

Quand il avait repris connaissance, Adrien était penché sur lui. Loïc s'était senti mis à nu. L'autre avait-il lu sur son front ce secret qui n'était plus imperméable que pour lui-même? Dans les yeux noirs, attentifs, il y avait une lueur de pitié ou d'excuse.

Aussitôt après le départ en vacances du chef de brigade, les têtes s'étaient redressées. Bien sûr, le chef faisait bien son métier mais, tout de même, il se mettait facilement en colère, et dans ces cas-là, il disait un peu n'importe quoi. Et puis, même si on est un bon gendarme, on peut toujours laisser passer un détail, pas vrai? Après tout, qu'est-ce qui prouvait que Dédé s'était vraiment noyé?

– A mon avis, c'est le voyou de chez Séchard

qui a fait le coup. Dites, vous trouvez pas que le chef le protège drôlement?

– Remarquez, ça pourrait être cette petite frappe, ou n'importe qui d'autre. Il s'était engueulé avec tout le monde, Dédé. Pas vrai, Gousse d'ail? Tu te rappelles la corrida quand il avait découvert que c'était toi qui avais mis des rats crevés dans ses nasses?

– Mais te gêne pas, fumier! Dis tout de suite que c'est moi qui l'ai poussé!

Des bureaux de poste d'Izeure, Saint-Pierre-de-Maillé, Angles et Brunay, comme un vol de colombes, les lettres convergèrent vers la gendarmerie. Marcel, Nœnœil, Gilbert, et autres compagnons jurés de chasse, de pêche et de beuverie, s'entre-dénonçaient allègrement.

Coïncidence, le chef-adjoint Routier, tandis qu'il arrangeait ses photos-souvenirs, sa machine à écrire et son plumier sur le bureau du chef, songeait que l'avancement tardait à venir. Dans la corbeille à papier, il y avait au moins vingt lettres de dénonciation. Vaillé avait battu son reccord. Un ramassis d'âneries, évidemment. Mais enfin, il n'y avait pas de fumée sans feu. Quelle claque pour Pithiault si son subordonné parvenait à prouver qu'il avait conclu l'affaire Dédé trop hâtivement! Après la façon inexplicable dont le chef avait traité Joël, Routier lui devait bien ça.

Il réajusta le baudrier de son Mac 50 et décrocha son képi. L'enquête était rouverte.

Qu'est-ce qu'elles avaient, la mère Macé et la mère Gasnier, à regarder comme ça en direction de l'atelier? Ça devait être ce fichu temps lourd qui les rendait collantes comme des mouches. Séchard fit quelques pas à l'extérieur et les dévisagea durement, les poings sur les hanches. Elles s'éloignèrent à petits pas dignes. Ah! tout de même! Qu'elles retournent donc surveiller leurs poules et leurs lapins!

Parlez-moi d'une journée! L'arpète était nerveux comme une mariée, aujourd'hui. Dès qu'il sentait qu'on l'observait, il se mettait à saboter tout ce qu'il touchait.

Séchard frotta son cou endolori par la bretelle du tablier de cuir. Loïc, c'était le genre de gars qui donnait le meilleur de lui-même quand on le mettait au défi. Il allait l'assommer de boulot jusqu'au soir, et rentrer faire des factures. Ou peut-être un petit somme.

C'est pas un képi, qu'il aurait fallu, c'est un casque colonial! Avec ses mains couvertes de boue, le chef-adjoint Routier ne pouvait même pas s'éponger le front, ni prendre son mouchoir dans sa poche. Saloperie de rivière, saloperies de moustiques, saloperie de chaleur!

Il avait épluché la berge sans trouver le quart de l'ombre de la queue d'un indice. Il balança un coup de pompe dans un pliant de pêche abandonné. Il ne se doutait pas que, derrière des bottes de paille ou des rangs de maïs, des jumelles de théâtre exhumées des greniers suivaient ses pataugements. Ah! quelle brillante idée il avait eu!

Il accéléra trop brutalement en repartant, et la 4L bleue de la brigade, qu'il avait garée près de l'eau, se mit à patiner. Il s'était embourbé! Il ne manquait plus que ça. Il descendit, entreprit de pousser la voiture, dérapa, et s'étala de tout son long dans la boue. Cette fois-ci, c'était trop. Il jura, frappa du poing dans la terre molle. Ses doigts heurtèrent un objet dur. Qu'est-ce que c'était que ce truc? Son visage maculé de petites taches brunâtres s'éclaira soudain d'un sourire béat : il pouvait déjà lire son nom au tableau d'avancement.

Elles n'embêtaient personne, ces grosses barres d'acier de quarante, ça faisait bien un mois qu'elles traînaient sous un établi. « Il faut que d'ici à ce soir, tu m'aies étiré tout ça au marteau-pilon, pour faire des flambeaux. » Il était vraiment barjo, le père Séchard!

Loïc entoura de chiffons humides la partie du fer qui dépassait du foyer, et mit une autre pièce à chauffer sur le côté. Il tira la barre du cratère de braises éblouissantes, et se précipita vers le marteau-pilon. Au bout de ses bras, le fer étincelait comme l'épée d'un géant. Il appuya doucement sur la commande à pied, et l'énorme poing d'acier se releva. Allez, vas-y mon salaud, frappe, frappe! Chaque fois que la masse mécanique retombait, Loïc se prenait un violent contre-coup dans les bras. La chaleur se diffusait lentement le long de la barre, et commençait à lui brûler les mains. Ne penser à rien. Se laisser abrutir par le choc du pilon. Etirer

péniblement les minutes comme cette sata-
née ferraille.

Dehors, le ciel était noir. Il tombait une
pluie chiche, irritante, sur les vieilles tôles
qui encombraient le devant de l'atelier. On
aurait dit la guitare dans un truc des Doors,
qu'il avait entendu chez Adrien. *C'est la fin,
ma belle amie, ma seule amie. Plus jamais je
ne reverrai ton visage.*
Il les voyait passer et repasser devant
l'atelier, excités comme des fourmis qui ont
trouvé un morceau de sucre. « Paraît que
l'enquête est rouverte. Ah! dis donc, avec
l'adjoint, ça ne traîne pas; c'est autre chose
que Pithiault. »
Fracas du marteau contre l'enclumette.
Chuintement des bielles qui prenaient leur
élan pour balancer un nouveau gnon.
« Foutu – foutu – fou – tu... » raillait la
machine.

Dans le silence assourdissant qui suit le
dernier coup de pilon, il perçut une pré-
sence derrière lui et se retourna en sursaut.
A contre-jour dans l'embrasure de la porte,
se tenaient trois silhouettes.

# Chapitre 8

– Vas-y, montre-lui, ricana Joël.

Un éclair orange éclata au poing de Stef et, à quarante centimètres de la tête de Loïc, la hotte de la forge se creusa d'une cavité grosse comme un œuf. Profitant de sa stupeur, Stef rechargea posément son arme, une sorte d'énorme pistolet à bouchon.

– C'est en vente libre. Calibre 12; ça tire des balles en gomme, dit-il sur un ton important.

– Tu as vu le travail? cracha Joël. Tiens-toi tranquille et écoute : mon père est allé fouiller à la rivière, et il sait que c'est toi qui as buté Dédé, il a toutes les preuves en main. Mais les gens sont tellement bavards, dans ce bled, qu'ils seraient fichus de te mettre la puce à l'oreille. Alors, on est venu te cueillir au nid, avant que tu essayes de te cavaler. Ça m'aurait fait mal que les gendarmes te trouvent avant que j'aie pu régler mes comptes avec toi.

Loïc esquiva de justesse le *nunchaku* qui siffla devant ses yeux.

— T'avais dit qu'on ne le toucherait pas, dit Frank avec gêne. On devait juste l'emmener à la gendarmerie.

— Mais c'est pas moi qui vais le toucher, répliqua Joël. C'est ce machin-là.

Et il fit tournoyer une nouvelle fois son *nunchaku*. Loïc para avec la barre de fer qu'il n'avait pas lâchée. Les chiffons étaient presque secs, maintenant, et la chaleur du métal était intolérable.

— Faites ça sans moi, dit Frank en s'éloignant, je ne marche plus.

— C'est ça, tire-toi, chochotte, tire-toi, railla Stef.

Visiblement, il mourait d'envie de vérifier sur Loïc l'efficacité de son obusier de farces et attrapes.

Depuis le début de l'après-midi, Loïc

s'était préparé à l'arrivée de l'estafette de gendarmerie. Tôt ou tard, la vérité aurait été découverte. Il se serait laissé emmener sans résistance. Mais baisser pavillon devant ces deux rigolos qui représentaient ce qu'il haïssait le plus au monde, alors ça, jamais! S'ils voulaient l'avoir, il faudrait qu'ils mettent le paquet. Déjà, la peur de souffrir, l'angoisse de l'avenir avaient disparu. Un autre que lui, le même qui avait tué Dédé peut-être, avait pris les commandes et lui soufflait que deux contre un, c'était faisable, et que sa barre de fer encore gris-rouge pouvait accomplir de sérieux ravages.

C'est alors que, sous l'action du soufflet électrique qui tournait toujours, la croûte du foyer se fendilla, au-dessus de la tuyère de forge. Des braises furent propulsées un peu partout. Un court instant, l'attention des deux miliciens de canton se relâcha. Loïc balança de toutes ses forces la lourde barre sur Frank, qui hurla, et tomba à la renverse contre un étau. Avec sept kilos de ferraille brûlante dans le coffre, celui-là ne l'embêterait plus pour un moment. A Joël, maintenant.

Loïc reçut en pleine poitrine un coup de *nunchaku* que son tablier amortit à peine. Il recula, le souffle coupé, les bras levés afin de protéger sa tête. Mais Joël, enragé par les humiliations précédentes, ne lui laissa pas le temps de se ressaisir. Les coups pleuvaient sur ses bras, son torse, ses épaules. Il dut reculer pas à pas, et se retrouva acculé contre la forge. A portée de sa main, il y avait les marteaux, le râtelier à tenailles, mais impossible de rien empoigner sans prendre en même temps un coup en pleine tête.

– Vas-y, Joël, finis-le! coassa Stef, toujours au sol.

– Arrête, j'en peux plus, j'ai trop mal, j'abandonne, cria Loïc.

La bastonnade se poursuivit encore quelques secondes, puis il y eut une pause. Sa ruse avait réussi. Tiens, espèce de cave, encaisse ça! Y a qu'à l'école primaire qu'on se bat à la loyale, mon pote! Loïc racla le coin du foyer de sa main nue, et projeta dans la figure de son adversaire une pleine poignée de cendres et de poussières de charbon. Joël n'eut même pas le temps de se frotter les yeux; un coup de pompe dans les côtes l'envoya dinguer contre l'étampeuse, et sa tête fit un « carreau » sur un des lourds contrepoids en fonte. Il s'affala sur la terre battue, complètement estourbi.

– Tu parles d'un dur! On souffle dessus et il s'allonge!

Loïc se rua dehors, piétinant au passage Stef qui tentait péniblement de se relever. Les clés de contact n'étaient pas sur la 125. Il enfourcha une des mobylettes et, la poignée d'accélération tournée à fond, s'engouffra sur la route de Saint-Pierre-de-Maillé. Quand elles le virent foncer sur elles, cramponnant le guidon de ses mains en sang, les bonnes dames de Vaillé s'égayèrent comme des volailles.

La tiédeur de la pluie, à travers ses vêtements, apaisa ses meurtrissures. Jusqu'à présent, Loïc ne s'en était pas trop mal tiré. Mais s'il restait sur cette départementale, il se ferait poisser comme un rat. Il tourna à droite dans le premier chemin de terre, en dérapant largement sur le sol humide.

Et maintenant, que faire? A peine se fut-il posé cette question que toute une ligne de conduite se déroula devant lui. Les gestes de la cavale, souvenirs enfouis de ses conversations avec les copains de Haute-Pierre, lui revenaient inconsciemment.

Filer à Châtellerault. Adrien savait que Loïc avait buté Dédé, et puisqu'il ne l'avait pas encore balancé, il accepterait de le planquer quelque temps.

Disparaître le temps que l'orage se tasse, et se procurer des faux papiers d'identité.

Dès qu'il aurait des tocs', il pourrait s'aménager une petite survie peinarde avec des combines sûres. Mais il devait faire à tout jamais une croix sur Sylvie, le bonheur et la vie honnête.

Par-dessus le vrombissement du deux-temps, il entendit au loin un autre bruit de moteur. Il était suivi. Avec la pluie, on avait dû repérer ses traces de pneus quand il avait tourné dans le chemin de terre. C'était trop défoncé pour une voiture. Alors qui? Mais Joël, bien sûr! Ah! il en voulait vraiment aujourd'hui, celui-là! Une seule dérouillée ne lui suffisait pas. Mobylette contre 125, l'avance de Loïc ne durerait pas.

Dans une entrée de champ, on avait laissé

une remorque chargée de paille. Loïc coupa le moteur, cacha sa mobylette dans l'herbe du fossé, et escalada la remorque en prenant appui sur les ridelles. Une fourche était encore piquée au sommet. Il l'empoigna et, fébrilement, tenta de défaire le dernier rang de bottes de paille. Bon sang, ce que c'était lourd!

Quand Joël passa devant la remorque, il perçut du coin de l'œil une silhouette soudain dressée. Il donna aussitôt un coup de guidon, mais ne put éviter les trente kilos de paille qui lui dégringolaient dessus. Il partit à la renverse, désarçonné, entraînant avec lui la moto qui se coucha et glissa sur les pierres du chemin. Déjà, Loïc avait sauté de la remorque. Il releva la 125, et redonna des gaz juste avant qu'elle ne cale. Joël gigotait et l'injuriait, étendu par terre. Il ne semblait pas trop amoché.

Il y avait à peine cinq minutes qu'il avait quitté Vaillé. Stef avait dû donner l'alerte. Admettons que les gendarmes le prennent au sérieux. Est-ce qu'ils s'amuseraient à dresser des barrages pour un mineur? Oui, bien sûr, avec tous les forfaits réels et imaginaires que l'autre allait lui coller sur le dos. Mettons une demi-heure pour les barrages. Il pouvait être à Châtellerault en quinze minutes, s'il rejoignait la grand-route. C'était peut-être risqué, mais s'il restait sur des petits chemins, plus sûrs en apparence, il finirait pas se faire coincer comme un sanglier dans sa bauge.

Il continuait de pleuvoir doucement. Loïc frissonnait, maintenant. Enfin, il aperçut au bout du chemin le miroitement du goudron humide.

Il y avait encore une vingtaine de bornes jusqu'à Châtellerault. La route était presque déserte. La moto lancée à fond tapait un petit cent dix. Les yeux plissés, Loïc scrutait les bas-côtés. Jusqu'à présent, pas un seul keuf. La partie était presque gagnée pour ce soir. Il se détendit légèrement.

Un mineur en cavale. Un assassin promis tôt ou tard au vêtement de droguet et au paillage de chaise. Avec quelle rapidité il avait réendossé son ancien personnage!

Il était si occupé à guetter les flics qu'il ne vit pas le virage. Pas le temps de freiner. Il rétrograda directement de quatrième en seconde. Avec toute cette flotte sur la route, il allait se planter, c'était presque sûr. Il se pencha, tira le guidon de toutes ses forces. Bon sang, il n'était pas tombé, il avait réussi! Il réacccéléra pour passer la troisième et appuya sur la poignée d'embrayage. Elle s'enfonça sous sa main sans aucune résistance. Le câble venait de péter. D'un seul coup, la sueur inonda Loïc. Il revenait de loin.

Si l'incident s'était produit avant qu'il aborde le virage, jamais il n'aurait pu rétrograder et alors, adieu! Les flics se seraient amusés à reconstituer son corps éparpillé dans les décors.

Moteur emballé, la moto plafonnait à cinquante. Il était condamné à rouler en seconde. A ce train d'escargot, il y aurait un sacré comité d'accueil en uniforme quand il arriverait à Châtellerault. Et encore, si la bécane ne le lâchait pas avant! Finie la cavale! Tous ces mannequins en képi, qui mouraient d'ennui à taper des rapports à longueur d'année, allaient enfin pouvoir se mettre quelque chose sous la dent.

Et dès demain, les scribouillards frustrés

des journaux de province feraient de lui un monstre sanguinaire. Plutôt crever!

Ça y est, il avait trouvé! Décidément, le dieu des voyous était avec lui aujourd'hui. Il traîna la moto au milieu de la chaussée et ouvrit le bouchon du réservoir. L'essence glouglouta sur le goudron. Accroupi dans le fossé, il balança une allumette dans la flaque irisée et se recroquevilla. Explosion du réservoir. Fumée grasse et asphyxiante des pneus. Feulement des flammes attisées par le vent. Ça devait être joli à voir, mais ce n'était pas le moment de sortir le museau. En quittant le chemin de terre pour la route goudronnée, il avait doublé un camion bâché. Il ne devait plus être bien loin.

Par-dessus le crépitement du feu, le grondement d'un moteur qui rétrogradait en seconde parvint à Loïc. Il banda ses muscles. Coup de patin. Claquement de portière.

– Vite, l'extincteur, le pauvre gars est en train de cramer.
– Euh, voyons... retirer la goupille... diriger le jet à la base des flammes...

Chuintement de mousse carbonique.

112

Maintenant! Il bondit de sa cachette, et passa par-dessus le hayon du camion.

– Ben merde, y a personne là-dessous! On va prévenir les flics?

– Et puis quoi encore? Il est presque six heures. Moi, je vais rendre le camion. On leur téléphonera de la boîte.

Par un rabat mal attaché de la bâche, Loïc pouvait voir la route. Dès qu'ils furent en ville, il sauta au premier feu rouge.

Et si les flics surveillaient la maison d'Adrien? Peu de gens savaient qu'ils se connaissaient, mais Dora ou Séchard avaient peut-être parlé. Il valait mieux se rencarder au bistrot en face. Tous les réflexes d'autrefois étaient là, intacts, prêts à jaillir comme la lame d'un cran d'arrêt. Il se rappelait bien le visage du patron du Progrès. Quelque chose lui disait que ce type-là avait sûrement croqué de la taule. Il ne trahirait pas Loïc.

Adrien n'était pas chez lui. Avec les clés que le patron du bistrot lui avait remises, Loïc entra, et s'assit par terre dans la salle à manger, près de la fenêtre aux volets mi-clos. Tiens, la 403 noire n'était plus garée sous la treille. Est-ce qu'Adrien n'avait pas dit qu'elle était en panne? Il n'avait pas traîné à la réparer! Une vague de lassitude le submergea. Il s'étendit sur la moquette. Sylvie. La forge. C'était tellement loin maintenant.

Un bruit de clé le réveilla. Adrien venait de rentrer. Il se redressa en titubant :
– Faut que tu m'aides. Les flics sont après moi. J'ai tué Dédé. Emmène-moi à Laval, ou à Nantes, j'ai des copains, je me débrouillerai. J'ai besoin de fric, environ cent sacs. C'est tout ce que je te demande. Après, t'entendras plus parler de moi.

Adrien le regardait sans bouger. Ses yeux noirs semblaient des cavernes d'ombre.
– Mon pauvre Loïc, murmura-t-il, si j'avais pu savoir! Tu as dû drôlement en baver. Attends, je n'en aurai pas pour longtemps.

Il passa dans la pièce voisine et décrocha le téléphone. Le cadran cliqueta une fois. Puis une fois encore. Un numéro à deux chiffres. Les flics!

Loïc se rua à ses trousses et lui arracha le combiné des mains. Il hurla en le saisissant à la gorge :

114

– Tu voulais me balancer, espèce d'ordure!

Adrien le repoussa. Un sourire amer barrait sa bouche. Il paraissait si vieux, tout d'un coup. Il articula lentement :

– C'est moi qui l'ai tué.

# Chapitre 9

– Evelyne n'a jamais voulu que je vienne à Vaillé. Elle avait trop honte de son père, et peur, aussi. Tout le temps qu'on s'est connus, je n'ai jamais rencontré Dédé. Je n'avais pas le droit d'écrire ni de téléphoner. Elle ne voulait pas qu'il se doute de quelque chose. Tant qu'elle bossait à Châtellerault, c'était formidable; on se voyait tous les jours. Et puis, elle a décidé de revenir à Vaillé, pour Sylvie. Elle a trouvé une place chez Delrue, la coiffeuse. Alors moi, j'attendais. Parfois, je restais jusqu'à quatre jours sans qu'elle vienne.

« C'était insupportable. On se disputait tout le temps. Une fois, je lui ai dit que je n'en pouvais plus de cette vie en pointillé. J'étais prêt à l'épouser, à lui donner toutes mes économies pour ouvrir son salon de coiffure, à prendre Sylvie chez nous. Elle non plus, ça ne lui plaisait pas, ces heures de bonheur grappillées à droite à gauche. Je ne sais pas ce qui la retenait. En tout cas, j'étais heureux, à cette époque-là, même si je ne m'en rendais pas compte. Et j'ai tout foutu en l'air, parce que j'avais trop besoin d'elle.

« Elle n'est plus revenue pendant deux semaines. J'avais l'impression de devenir dingue. Je croyais qu'elle avait décidé de rompre. Alors, je suis allé à Vaillé mais, pour ne pas risquer de rencontrer Dédé, je suis d'abord passé à l'auberge. Je savais que Sylvie y travaillait, je voulais lui donner un message pour Eve. J'avais vu des photos de Sylvie, mais ce jour-là, elle avait l'air fatiguée, misérable; elle était habillée tout en noir.

« Elle ne me connaissait pas; elle s'est avancée pour prendre ma commande, et je me suis mis à pleurer sans pouvoir m'arrêter. Rien qu'en la voyant, j'avais compris que ma vie était foutue.

« Celle que j'aimais était morte, morte et enterrée depuis quinze jours.

« On disait qu'elle s'était suicidée. Au début, je trouvais ça complètement idiot, il n'y avait aucune raison. Et puis, à force de creuser, j'en découvrais des tas : c'était ma faute, c'était parce que j'avais voulu aller trop vite. Je n'avais pas compris tout ce qu'elle supportait. Si elle avait abandonné son père, il se serait laissé glisser le long de la rampe. Il ne pouvait pas vivre sans elle. Elle lui donnait du fric et, surtout, elle était la seule part de lui qui avait réussi.

« Moi aussi j'ai plongé, à ce moment-là. Si Bernard, le patron du Progrès, ne m'avait pas retenu, en un mois je me serais fini à l'alcool.

« Sylvie venait me voir chaque semaine, en cachette de tout le monde, même de toi. Elle a été extraordinaire. D'une visite à l'autre, je savais qu'elle comptait sur moi, et ça m'a empêché de faire une connerie. Et puis, à la regarder vivre, je sortais un peu de moi-même, j'avais envie de l'aider à être aussi heureuse qu'Evelyne aurait dû l'être.

« Un jour, Dédé a appris qu'elle venait régulièrement à Châtellerault, et il lui a fichu une raclée, tu t'en souviens. Sylvie pensait qu'après ça, il oublierait, et elle a continué à faire comme avant. Va savoir ce qui est passé par la tête de ce vieux fou, il s'est mis à la filer.

« Le cinq juillet, j'avais rendez-vous à la Haye-Descartes avec un gitan, pour une histoire d'alambic à vendre. J'aime bien faire ces trucs-là tôt le matin, quand les types ne sont pas encore bien réveillés. Ils passent plus facilement la main pour les marchandages. Enfin bref, je rentre à la baraque vers huit heures et demie du mat', et en passant en bagnole devant le Progrès, je vois ce bonhomme assis à la terrasse, tout seul, le pochard type : vieilles bottes en caoutchouc, pantalon raide de crasse, galure informe.

« Sylvie était venue me voir la veille, alors, j'avais forcément toute cette histoire en tête; et il y avait peut-être une vague ressemblance avec ses filles, malgré l'alcool. D'un coup je me dis : " C'est lui, c'est Dédé. " Je gare la bagnole dans une autre rue, je rentre chez moi par la porte de derrière et je monte au premier pour l'observer. S'il était là, si tôt le matin, à boire de la grenadine à la terrasse au lieu de se piquer le nez au bar, c'est qu'il me guettait et qu'il voulait rester à peu près lucide. Ça ne me plaisait pas trop, cette visite. Neuf heures : j'aurais dû aller ouvrir la boutique, mais je décide d'attendre. Neuf heures et demie; des clients arrivent, secouent la porte, mon Dédé s'impatiente, traverse la rue, retourne s'asseoir très en pétard, commande une autre grenadine. Moi, je téléphone à Bernard, et je lui explique rapidement l'histoire, pour ne pas qu'il fasse de gaffes et qu'il retienne Dédé le plus longtemps possible. Remarque, un type comme ça au bistrot, pas de danger qu'il lève le pied. Tu sais, quand on est un pochard confirmé, c'est vraiment une drogue, on ne peut pas se sentir bien tant qu'on ne s'est pas payé un petit verre. Il suffisait d'être patient.

« Jamais il n'a dû résister comme ça à son vice, le pauvre Dédé. Une limonade, une menthe à l'eau, deux cafés. Je le voyais se tortiller, ouvrir son col de chemise. A la fin, ses mains tremblaient tellement qu'il a renversé la moitié de son jus. Et puis à onze heures, il se commande une mousse. C'était gagné. A onze heures et demie, il ne tenait plus sur sa chaise, il était fait, un vrai calendos.

« Alors je ressors et je vais prendre un pot au Progrès. Je commence à parler de pêche avec Bernard. J'offre une tournée, Dédé rapplique, et nous raconte des histoires de truites longues comme des Cadillac. Je croyais que ça allait être facile de lui tirer les vers du nez, mais il a fallu drôlement l'arroser pour qu'il lâche un mot de trop. Il s'est mis à bafouiller que le type d'en face avait tué sa fille et que, maintenant, il voulait lui prendre la deuxième, mais que ça ne se passerait pas comme ça. J'avais repéré sa mob' devant le bistrot, un machin aussi délabré que lui. Sur le porte-bagage, il y avait un vieil étui en carton bouilli, rafistolé avec du sparadrap – un étui à fusil.

« – C'est pas un peu tôt pour la chasse? je lui demande.

« Il se met à ricaner :

« – Je sais ce que j'ai à faire. Il avait pas le droit. Si je le laisse, il me volera aussi la

deuxième. Comment il s'appelle déjà?...
Adrien!

« Là-dessus, il a dû se rendre compte qu'il avait eu la langue trop longue, et il a commencé à farfouiller dans ses poches pour régler ses consos. Il n'a plus dit un mot après.

« J'ai pas pu en dormir de la nuit. J'avais beau me répéter que je déménageais, que c'était trop monstrueux pour être vrai, ça revenait sans cesse. Comment est-ce qu'il connaissait mon nom? Pourquoi est-ce qu'il disait que j'avais tué Evelyne?

« C'était comme une charogne en plein soleil. On ne la voit pas, mais on la sent partout, on en emporte l'odeur dans ses vêtements.

« J'ai résisté encore toute la journée du lendemain : c'était le six juillet. J'avais besoin de savoir et, en même temps, ce que j'allais découvrir me faisait horreur. Le soir, je n'y ai plus tenu, j'ai pris la bagnole et j'ai suivi la route qui mène de Brunay à Vaillé. Avec tout ce qu'il avait raconté la veille sur ses coins de pêche, ça n'a pas été dur de retrouver Dédé. Il roupillait sur sa barque, au beau milieu de la Gartempe, raide bourré. J'ai tiré sur l'amarre pour le ramener à la rive, et je suis monté avec lui. Je lui ai collé des baffes, je lui ai lancé de l'eau à la figure, et il a fini par émerger. Je ne sais même pas s'il m'a reconnu. Je n'ai même pas eu à lui poser de questions, il s'est mis à chialer, et c'est venu tout seul :

« " Elle voulait partir, elle allait m'abandonner. Elle m'a dit que j'étais une ordure, une loque, que je l'avais empêchée de vivre. On a pas le droit de dire des choses comme ça à son père. Moi, j'étais venu la voir pour lui dire que j'allais essayer d'être sérieux, et elle m'a manqué de respect. Tout le monde se moque de moi mais, ma fille, ça m'a fait trop mal. Elle était assise sur le pont. Je n'en pouvais plus de l'entendre me dire des méchancetés. Alors je me suis avancé. Je voulais seulement lui donner une gifle, rien qu'une gifle pour la punir. Et elle a basculé. Mais c'est pas moi qui l'ai tuée, c'est l'autre, il voulait me la prendre. C'est sa faute si elle est morte. "

« A chaque mot, c'était comme s'il m'avait

ouvert le ventre. Il me semblait que je voyais Evelyne assise sur le pont, écrivant sa lettre d'adieu, et Dédé puant la vinasse, la tête farcie de résolutions d'ivrogne. Je tremblais de la tête aux pieds. Je me suis levé, il a pris peur et il s'est levé aussi. Je l'ai empoigné à bras-le-corps, et nous sommes tombés à l'eau. Il fallait que je le détruise, que je noie cette voix larmoyante, que je noie la vision d'Evelyne basculant dans le vide, avec ses cheveux blonds comme un parachute en torche. L'eau froide lui a redonné des forces, à ce salaud, il s'est mis à gigoter; il est même arrivé à agripper le bord de la barque, mais je le tenais bien, je l'ai entraîné au fond, je lui serrais la poitrine de toutes mes forces pour lui faire cracher l'air. Je n'en pouvais plus, j'avais l'impression que ma tête allait éclater, mais j'étais prêt à crever au fond avec lui si c'était le prix qu'il fallait payer. Tout à coup, il s'est affolé, il donnait des coups de pieds dans tous les sens. Et puis, plus rien. Je n'avais plus qu'un paquet de vêtements entre les bras.

« A l'instant même où il a cessé de résister, j'ai pris conscience de ce que je venais de faire. J'ai nagé aussi vite que j'ai pu vers la rive, j'ai couru à ma bagnole. J'avais de la vase sur les vêtements, dans les cheveux, dans la bouche, j'avais envie de dégueuler. J'étais malade de honte et de dégoût de moi-même, et je me sentais encore plus seul qu'avant. Tu parles d'une vengeance minable! C'était comme si Evelyne était morte une deuxième fois. Je ne pensais qu'à fuir, ce n'était pas moi qui avais pu faire une chose pareille!

« Je devais rouler à cent vingt quand je t'ai vu. Je te demande pardon, Loïc, je me suis vraiment conduit comme un salaud avec toi. Mais pour moi tu n'étais encore qu'un type en mobylette qui roulait presque au milieu de la route.

« J'aurais pu t'éviter, j'ai commencé à te contourner, et au dernier moment j'ai eu peur que la bagnole se mette en travers et parte dans les décors; je me voyais coincé sur place, à peine à deux kilomètres de l'endroit où j'avais tué Dédé.

« Alors, au lieu de braquer à fond j'ai redressé légèrement le volant, et j'ai heurté ta moto avec le bout de mon aile droite. C'était toi ou moi, et même si je me haïssais d'être aussi lâche, c'était ma peau que je sauvais, la prison me faisait horreur.

« La suite, tu la connais. Quand Sylvie m'a appris ton accident, j'ai tout de suite compris que c'était toi que j'avais envoyé valdinguer. Je n'avais pas le courage de me livrer aux flics et je ne voulais pas passer ma vie à mentir. J'avais décidé que si tu me reconnaissais, je ne ferais rien pour empêcher les choses de suivre leur cours. Même cette décision-là, je n'ai pas pu aller jusqu'au bout. Le jour où j'ai tué Dédé, j'avais ma 403 noire; mais quand je suis venu te voir à l'auberge, j'ai flanché et j'ai pris la blanche. Après, tu nous as parlé de ton amnésie, et je me suis senti drôlement soulagé. Pour un peu, j'y aurais vu un signe du ciel; je commençais à me dire que j'avais déjà suffisamment expié comme ça, et que je serais plus utile dehors, à vous aider, Sylvie et toi, plutôt qu'en taule. Qu'est-ce que j'ai pu m'inventer comme fausses excuses! Mais chaque fois que tu te mettais à parler de tes rêves de rivière, je mourais de trouille d'être découvert. Voilà, maintenant, la partie de cache-cache est finie. J'aurais dû avouer tout de suite. Sans

Evelyne, la taule ou la liberté, ça ne fait pas une grosse différence. »

Dans la tête de Loïc, les pensées sautaient comme des billes d'acier sur un carrelage. Il était innocent!

Mais non, c'était trop beau pour être vrai, c'était du vent; il fallait partir, trouver une cave où se terrer, et retenir son souffle quand les godillots des flics passeraient devant le soupirail.

Sylvie, le C.A.P. de ferronnier. Alors même qu'il avait renoncé, voilà que tout redevenait possible!

Adrien paraissait exténué. Dire que c'était à cause de lui que tout était arrivé. Pourtant Loïc ne parvenait pas à lui en vouloir. Avec un petit sourire d'excuse, Adrien décrocha le combiné, et composa le 17. Une voix sèche résonna dans l'écouteur. Loïc se mordit les lèvres.

Ça ne pouvait pas se terminer comme ça.

– J'ai des révélations personnelles – à faire sur le meurtre d'André Moreau. Pourriez-vous me passer votre supérieur?

Il ne fallait pas qu'Adrien parle. Que vaudrait la liberté pour Loïc, si elle était souillée par ce sacrifice?

Il empoigna le fil du téléphone et tira de toutes ses forces :

– J'en ai rien à foutre que tu sois coupable! T'es un de mes seuls copains, et je ne veux pas que tu ailles en cabane. On va se sortir de cette merde tous les deux, t'entends? Y a aucune raison qu'on te croie, n'oublie pas qu'ils ont déjà des preuves contre moi. Si je te laisse te livrer, c'est comme si je te balançais moi-même. Alors, essaye de prévenir les bourres, et je te défonce la tête!

– Si tu fais ça, on nous embarquera tous les deux. A quoi ça servira?

# Chapitre 10

L'espacement régulier des traverses obligeait Joël à marcher au pas cadencé. Il déboutonna sa veste de treillis et remonta ses manches. Sûr que les pansements de la bagarre avec le métis, ça lui ferait une sacrée impression, à Sylvie. « *Tu n'auras qu'à longer la voie ferrée jusqu'au petit pont de pierre. Je t'attendrai en haut. Viens, je t'en prie, et pardonne-moi tout.* »

Ah! les filles. Elles vous plaquent pour un rien et puis, un beau jour, elles reviennent vers vous avec une mine de chien battu. N'empêche, ils avaient bien raison au village de dire que la fille Moreau n'avait pas grand-chose dans la cervelle.

Les champs couverts de chaumes étaient bien nets comme des cheveux en brosse. La matinée était belle. Ça sentait bon le mâchefer, la graisse, et l'acier échauffé. L'odeur de l'aventure.

Bon sang... dire qu'on était déjà le treize juillet. Demain, il irait à Châtellerault avec son père, voir le défilé. Après, les jours fileraient vite. Le cinq août, ce serait l'armée.

La campagne lui parut plus belle que jamais. Là-bas, c'était le fourré où un camion de munitions allemand avait explosé, pendant la dernière guerre. Il en avait passé, des après-midi, à chercher des cartouches! Plus loin, c'était la vieille carrière de tuffeau où il avait construit un pont de singe, avec ses copains Frank et Stef. Pourquoi partir? Oui, bien sûr... les marches dont on revient pur et exalté de fatigue... les douilles étincelantes qui giclent de la mitrailleuse et rebondissent sur le gravier du pas de tir... le fracas du parachute soudain déployé. Il avait peur tout à coup de cet avenir qu'il avait tant désiré. Il escalada lentement le talus qui menait au pont de pierre.

Elle l'attendait assise sur le parapet, comme elle avait dit, son petit sac sur ses genoux. Son débardeur rouge faisait ressortir sa peau blanche saupoudrée de taches de rousseur. Elle pencha la tête de côté avec un sourire penaud, et ses cheveux ruisselèrent sur son épaule. Ah! ses cheveux! Un sursaut de jalousie tordit le cœur de Joël, à la pensée que depuis deux mois, les mains de ce salaud de métis avaient joué dans cette étoffe de lumière.

– Tu ne veux plus m'embrásser? chuchota-t-elle.

Il s'approcha, en s'efforçant de préserver sa mauvaise humeur. Il n'allait tout de même pas jeter l'éponge simplement parce qu'elle faisait des manières de gonzesse, non? D'accord, c'était la plus belle de Vaillé. Mais Vaillé n'était pas le centre du monde. Et puis les filles qu'on chahute à dix-huit ans, ce ne sont pas celles que l'on épouse plus tard. Surtout la fille à Dédé.

– C'est parce que ton galant t'a laissée que tu fais tout ce cinéma? demanda-t-il, goguenard.

Elle se détourna aussitôt, l'air buté.

– Si tu dois le prendre comme ça, c'est pas

la peine de continuer. Loïc, c'était peut-être qu'un voyou mais lui, au moins, il ne passait pas son temps à me dire des méchancetés.

C'est vrai qu'il n'avait pas été très chic avec elle. Qu'est-ce qu'il avait pu s'amuser à la charrier, comme on taquine une gamine!

Tout compte fait, c'était peut-être à cause de ça qu'elle l'avait laissé tomber. Il s'assit à côté d'elle sur le parapet, et mit la main sur son épaule.

– Bon, ça va, excuse-moi. Ça me fait plaisir de te revoir.

Elle se détendit peu à peu, et finit par se laisser aller contre lui. Du bout des doigts, elle effleura le torse de Joël :

– Tu as encore mal?

– Tu parles! Tomber d'une moto à soixante à l'heure, ça te dit quelque chose? Et là – il lui montra un énorme hématome au-dessus de sa hanche gauche – deux côtes fêlées!

– Quelle sale brute! Quand je pense qu'il aurait pu te tuer, comme il a tué mon père!

Il se rengorgea :

– Ça, tu peux le dire! Ça ne l'aurait pas gêné des masses. Franchement, je me demande ce que tu pouvais lui trouver, à cette frappe?

Elle haussa les épaules :

– Qu'est-ce que ça peut bien faire? C'est du passé, non? Alors, plus la peine d'y penser.

Elle lui posa un baiser sur la joue :

– Joël, on fait la paix?

Ne plus partir! Tant pis pour les rêves d'action... Rester à Vaillé, dans cette campagne où tout était facile, où les jeux n'avaient pas de conséquences... se trouver une femme belle et douce. Pourquoi pas Sylvie, même si c'était la fille de Dédé?

Il se dégagea avec violence :

– Non, j'ai pas envie de faire la paix tant que je saurai pas pourquoi tu as voulu qu'on se revoie. Tu t'imagines peut-être que tu peux me siffler dès que tu as un coup de cafard? Dans trois semaines, je me barre chez les paras, moi! Alors, pas question que je me mette des idées tordues en tête, tout ça pour te trouver en train d'embrasser un autre gars quand je reviendrai en perm'.

Elle releva le visage, interdite :

– Tu vas t'en aller...

Ses grands yeux verts étaient mouillés de larmes.

– Tu comprends... quand j'ai appris que Loïc s'était enfui, j'ai été convaincue que c'était lui le coupable. Et toi, dès le début, tu te doutais que c'était pas un mec bien. Alors, je me suis dit que tout ce que tu avais fait, c'était à cause de moi. J'ai pensé que tu m'aimais peut-être et que, moi, j'étais passée à côté de toi sans m'en rendre compte...

Jamais personne ne l'avait regardé comme ça. Joël sentit sa gorge se nouer. Il aurait fait n'importe quoi pour être à la hauteur de ce regard. Tant pis s'il devait par la suite regretter ses paroles.

– C'est vrai, Sylvie, j'ai fait tout ça pour toi. J'ai pris des raclées pour toi, j'ai été blessé pour toi. Parce que je t'aime et qu'il t'avait volée à moi.

Il respira profondément.

– Tu n'as pas idée de ce que j'ai fait pour toi.

# Chapitre 11

– Tu vois, j'ai commencé à avoir des idées le jour où je l'ai vu à la rivière...

Joël s'arrêta. Elle l'écoutait, immobile, si près de lui que leurs visages se touchaient presque. Si seulement cet instant pouvait durer, durer encore, comme une corde de guitare qui n'en finit plus de vibrer. Il fallait qu'il trouve les mots justes; il suffisait d'une expression maladroite pour que la lueur magique des yeux verts se trouble à jamais.

– Non, en fait, dès qu'il est arrivé à Vaillé, j'ai eu le pressentiment que ce mec n'était pas clair et qu'il finirait par faire quelque chose de dégueulasse. Il y avait un dossier sur lui à la gendarmerie. Mon père me l'a montré. Pas de parents, élevé par l'assistance, tout ça. Quand on sait d'où il venait et ce qu'il avait fait avant, on comprend mieux. Alors, lorsque ton pauvre père est mort, ça m'a paru bizarre. Surtout que Loïc lui avait déjà cogné dessus.

La voix de Joël prenait peu à peu de l'assurance.
— A peine trois jours plus tard, je retrouve Loïc à vélo au bord de la Gartempe; tout près de l'endroit où Dédé a eu son soi-disant accident. On dit toujours que l'assassin revient sur les lieux du crime, pas vrai? Eh bien, tu vois, c'est pas du bidon!
Le grondement lointain d'un tracteur donnait à ses paroles un relief tragique.
— Tu ne peux pas t'imaginer ce que ça m'a fait! J'étais sûr que c'était lui l'assassin, lui qui t'avait prise à moi, et je n'avais rien pour le prouver. Il m'a attaqué sans raison, on s'est bagarré comme des chiens, et son canif est tombé de sa poche. Quand il est parti, je l'ai ramassé, je voulais le jeter à la flotte. Et puis je me suis dit que si je n'agissais pas, ce salaud resterait en liberté, il continuerait à

te voir, à t'embrasser, à poser ses sales pattes sur toi. Alors, j'ai mis le canif dans la boue de la berge. Après tout, il l'a perdu en se battant avec moi, mais il aurait pu aussi bien le perdre le soir où il a noyé ton père, non?
— Tu as pu faire une chose pareille? s'étonna Sylvie.

Le débit de Joël s'accéléra.
— Oui, je l'ai fait, et je l'ai fait pour toi! Je sais, comme ça, ça ne paraît pas très honnête. Mais d'abord, je n'étais même pas sûr que les gendarmes allaient le retrouver, ce canif! Ce que je voulais, c'était simplement l'obliger à se démasquer; s'il avait eu la conscience tranquille, il n'aurait pas fichu le camp!
— Et Frank et Stef, ils sont au courant de tout ça?
— Non, je ne leur ai rien dit. C'est quand mon père a décidé d'enquêter pour son compte que j'ai eu l'idée d'utiliser le couteau.

Il y eut un long silence. Joël reprit, pitoyable :
— Tout ce que je voulais, c'est que tu me reviennes. Il faut que tu me croies. Je t'aime.

La voix de Sylvie était calme, apaisante :
– C'est vrai, tu m'aimes, et tu viens de m'en donner la plus belle preuve. Maintenant, entre nous deux, ce sera toujours...

L'enregistrement s'arrêtait là. Le son était clair, les deux voix parfaitement identifiables. Adrien appuya sur la touche de rembobinage du magnétophone.
– Je ne pensais jamais que tu réussirais comme ça. Tu lui as fait dire exactement ce qu'il faut pour démolir toutes les présomptions de Routier. Tu ferais une sacrée espionne, Sylvie!

Loïc, surexcité, marchait de long en large dans le salon d'Adrien :
– Avec ce truc-là, il ne peut plus rien contre moi, ce salaud de Routier! Ah! la vache! Qu'est-ce que j'aimerais voir sa tête quand il va recevoir la copie de la cassette! Tu parles d'un limier! Son fumier de fils trafique des indices, et lui se laisse mener en bateau comme un bleu! Et Joël, qu'est-ce que tu l'as bien baratiné! Il a vraiment gobé tout ce que tu lui racontais. Quel con, non, mais quel con!

– Ne parle pas comme ça, s'il te plaît, dit Sylvie d'une voix lasse. J'ai honte d'avoir agi ainsi. Sur le moment il paraissait tellement sincère qu'il m'a presque fait de la peine.

– Ça alors! s'écria Loïc indigné. Tu crois qu'il avait honte, lui, d'envoyer un mec innocent en cabane? Et puis, ne viens pas me parler de sa sincérité. S'il n'a pas su te garder, c'est qu'il n'était pas digne de t'avoir.

Le visage de Sylvie était devenu hostile. Elle hésita, puis dit d'un ton brusque :

– Loïc, quand j'ai reçu ton coup de fil ce matin, je t'ai obéi mot pour mot. Je me suis faite aussi belle que possible, j'ai glissé le magnéto d'Evelyne dans le sac que Joël m'avait offert avant que tu viennes à Vaillé, et je lui ai fait les yeux doux jusqu'à ce qu'il lâche le morceau. Je t'assure que je ne regrette rien; que tu sois ou non coupable, ça aurait été vraiment atroce que tu ailles en prison à cause d'une fausse preuve. Mais maintenant, je voudrais que tu sois franc avec moi. Je te promets que tes paroles ne sortiront jamais d'ici. Est-ce toi qui as tué mon père?

Adrien se leva, livide :

– Ecoute, Sylvie...

– Toi, ta gueule! lança Loïc.

Son regard était si dur qu'Adrien s'arrêta net. Il avait fallu plusieurs heures de discussion orageuse pour que Loïc lui arrache la promesse de ne pas répéter ce qu'il lui avait révélé la nuit précédente. La culpabilité d'Adrien devait rester leur secret, pierre sanglante jetée dans un puits, happée à jamais par le silence de l'eau noire.

– Tu as raison de me demander ça, Sylvie. C'est vrai, maintenant qu'on a cette cassette, on ne peut plus prouver que c'est moi qui ai tué Dédé. Mais on ne peut pas prouver non plus que je suis innocent. Pour la justice, ça ferait un non-lieu, et ça me conviendrait tout à fait. Mais si toi tu me crois coupable, ça m'est égal d'être en taule, ou libre, ou en cavale jusqu'à la fin de mes jours.

Il s'était efforcé de maîtriser sa voix mais, malgré lui, il termina en hurlant :

– Fais-en ce que tu veux, de ta saloperie de cassette! Moi, je sais que je ne l'ai pas tué, je le sais, c'est tout! Alors, décide toi-même, j'en ai plus rien à foutre!

Il se détourna brusquement vers la fenêtre. Vu de dos dans le contre-jour, ce n'était plus qu'un adolescent de quinze ans, trop grand et trop maigre.

Elle s'approcha doucement. Peau blanche et peau brune, cheveux rouquins, cheveux crépus, dame de cœur et roi de pique. Ils s'étreignirent en frissonnant, comme deux naufragés épuisés qui atteignent enfin la grève.

A l'autre bout de la pièce, Adrien les regardait. Sur ses lèvres, le besoin d'avouer palpitait encore. Faudrait-il que sa vie ait un gout de vase, que toujours les eaux de la Gartempe menacent de se rouvrir et d'engloutir un bonheur précaire?

Loïc releva son visage enfoui dans la chevelure de Sylvie et lui jeta :
– Ben quoi, tu vas nous tirer cette tronche-là longtemps? Tant qu'on est ensemble, tous les trois, on est invulnérables! T'as pas encore compris ça?

# Table des matières

l'Atelier du Père Castor présente

# la collection Castor Poche

**La collection Castor Poche vous propose :**

- des textes écrits avec passion par des auteurs
  du monde entier,
  par des écrivains qui aiment la vie,
  qui défendent et respectent les différences ;
- des textes où la complicité et la connivence
  entre l'auteur et vous se nouent et se
  développent au fil des pages ;
- des récits qui vous concernent parce qu'ils
  mettent en scène des enfants et des adultes dans
  leurs rapports avec le monde qui les entoure ;
- des histoires sincères où, comme dans la réalité,
  les moments dramatiques côtoient
  les moments de joie ;
- une variété de ton et de style où l'humour,
  la gravité, la fantaisie, l'émotion, la poésie
  se passent le relais ;
- des illustrations soignées, dessinées par des
  artistes d'aujourd'hui ;
- des livres qui touchent les lecteurs à différents
  âges et aussi les adultes.

Un texte au dos de chaque couverture vous présente les héros, leur âge, les thèmes abordés dans le récit. Vous pourrez ainsi choisir votre livre selon vos interrogations et vos curiosités du moment.

Au début de chaque ouvrage, l'auteur, le traducteur, l'illustrateur sont présentés. Ils vous invitent à communiquer, à correspondre avec eux.

CASTOR POCHE
Atelier du Père Castor
7, rue Corneille
75006 PARIS

## 65 les vagabonds
### par Gianni Rodari

En 1951, après la mort de leur père, Domenico et Francesco sont loués à un vagabond qui, avec sa troupe, leur apprend à mendier le long des routes d'Italie. Heureusement, il y a l'amitié d'Anna. Et les trois enfants survivent avec difficulté, croisant des truands mais découvrant l'affection et la solidarité.

## 66 les enfants jetés
### par Françoise Bonney

Vous pensez : « on ne jette pas les enfants ! » Pourtant les registres de l'hôpital de San Gallo nous apprennent que c'était vrai ! A Florence, au XVe siècle, la guerre, la famine, la maladie, la pauvreté, quand ce n'est pas la méchanceté et l'indifférence « jettent » des enfants sous le porche de San Gallo. Comment Baladassare, Sinibaldo, et les autres sont-ils arrivés là ? Quel sera leur avenir ?

## 67 la sacoche jaune
### par Lygia Bojunga Nunès

Raquel a des problèmes avec ses « envies » qui grandissent et qu'elle ne sait comment dissimuler. Il y a l'envie de cesser d'être un enfant, l'envie d'être un garçon et celle d'écrire... Un matin, dans la sacoche jaune qu'elle a récupérée, elle découvre le héros du roman qu'elle vient d'écrire, bientôt suivi de compagnons assez inattendus...

## 68 canilou
### par Eric Munsterhjelm

Canilou, né du croisement d'un loup solitaire et d'une chienne esquimaude, doit se débrouiller seul, malgré son jeune âge. Sa vie, dans le grand nord canadien est remplie de découvertes fascinantes mais aussi de déboires et de déceptions. Partagé entre son instinct sauvage de loup et son instinct de chien, Canilou lutte désespérément pour gagner l'amitié des humains.

## 69 le douze juillet
### par Joan Lingard

Sadie et Tommy sont protestants, Kevin et Brede catholiques. Ils vivent à Belfast, en Irlande du Nord, dans deux rues proches. Mais les enfants sont ennemis parce que leurs parents le sont et il en est ainsi depuis trois siècles... La tension monte et, le soir où la violence éclate, le drame qui en découle conduit les enfants à se poser la question : "Pourquoi se détestent-ils ?"

## 70 contes du monde arabe
### par Jean Muzi

Seize contes recueillis auprès de conteurs du Moyen-Orient, appartenant à la littérature orale arabe. Ils sont en quelque sorte un des prolongements des contes des Mille et Une Nuits. Influencés par l'islamisme, ils mettent en scène des animaux et des hommes, dont les comportements reflètent la sagesse des peuples du désert.

## 71 Perle et les ménestrels
### par Dorothy Van Woerkom

En Angleterre, au XIII$^e$ siècle, Perle et Gauvin, deux enfants de serfs s'enfuient des terres du seigneur auquel ils appartiennent. S'ils échappent aux recherches durant un an et un jour, ils seront libres : c'est la loi. Ils sont recueillis par des ménestrels et Perle révèle ses dons de musicienne. Mais l'un des archers du seigneur semble l'avoir repérée. La fuite éperdue reprend...

## 72 esclave des Haïdas
### par Doris Andersen

Kim-Ta, de la tribu des Salish, rêve de tuer le plus respecté des animaux : l'ours noir. Aidé par son esclave personnel, il le tue. Mais il n'a pas respecté le rituel. Comme un châtiment de l'esprit en colère, les Haïdas attaquent le village Salish et emmènent Kim-Ta et sa sœur. Mais peut-on oublier que l'on est né libre et fils de chef ?

## 73 comme à la télé
### par Betsy Byars

Lennie, Américain de onze ans, vit seul avec sa mère qui tient un petit hôtel. Il se gorge de télévision et ne vit qu'à travers elle. Sa seule joie est de s'introduire dans une résidence où son imagination trouve à se nourrir. Mais un jour, surpris, Lennie va vivre une douloureuse aventure qui lui fera paraître la télévision, par contraste, bien irréelle et bien fade.

## 74 le visiteur du crépuscule
### par Denis Brun

A la tombée de la nuit, un vieux géographe reçoit la visite d'un drôle de petit garçon qui vient lui raconter des histoires. Comment ce savant si sérieux peut-il croire à l'histoire du sapin de Noël prenant racine dans la maison de l'enfant, à l'histoire du lion ou à celle de la baleine au pull rayé ? Et si pourtant ces incroyables récits étaient vrais ?

## 75 la dame au cerf
### par Wanda Chotomska

Six garçons et filles de la même classe portent la clé de chez eux autour du cou. En cherchant une des clés égarées, ils rencontrent une vieille dame pleine de dynamisme qui leur fait découvrir un cerf aux mystérieux pouvoirs. Mi-fée, mi-grand-mère, la vieille dame au cerf va transformer la vie des enfants...

## 76 Maggie voyageuse au long cours
### par Dorothy Crayder

Maggie, dont les douze ans n'ont jamais connu d'autres horizons que ceux de Tilton, aux Etats-Unis, embarque seule sur un paquebot pour la traversée de l'Atlantique. Maggie entrevoit déjà quelque tornade, naufrage ou autres catastrophes maritimes. Mais la réalité surprendra son imagination et transformera les dix jours de traversée en une grande aventure...

## 77 **Pie l'oiseau solitaire**
### par Colin Thiele

Pie vit toute sa jeunesse au milieu des siens, sur la côte sud de l'Australie. Un jour, un aigle passe dans le ciel et toute la colonie de pies s'amuse à le poursuivre. Mais bientôt, Pie se retrouve seul, au-dessus de l'océan. Il s'échoue à demi-mort, sur une île où il tentera mais en vain de se joindre aux oiseaux de l'île. Pie sera-t-il condamné à la solitude dans ce milieu hostile ?

## 78 **Maggie et les trois suspects**
### par Dorothy Crayder

Le train est encore en gare de Gênes que Maggie, se sentant une âme de détective, remarque deux hippies et leur bébé qui lui semblent bien louches. Pourquoi cherchent-ils à l'éviter ? Et ce bébé est-il vraiment le leur ? L'enquête se révèle ardue. A l'arrivée à Venise, les événements se précipitent et Maggie a son compte de frayeurs et d'angoisses...

## 79 **Ganesh** (senior)
### par Malcolm J. Bosse

Ses quatorze premières années, Jeffrey les vit en Inde où ses parents, venus d'abord pour affaires, ont choisi de rester. Une tragédie vient déraciner Ganesh (c'est le nom indien de Jeffrey) de son Inde natale et le force à gagner l'Amérique, sa terre d'origine mais dont il ne sait rien. Il s'y sent étranger. L'incompréhension entre ses camarades et lui diminue peu à peu, mais une menace inattendue vient remettre en question ce qui compte le plus pour lui.

## 80 **derrière les visages** (senior)
### par Andrée Chédid

Neuf nouvelles, situées pour la plupart en Egypte et au Liban, qui cherchent à parler du cœur universel des hommes, de ces vrais visages qui existent derrière l'âge, le pays, la condition. Ces récits s'enracinent dans le concret, embrassent la cruauté de la vie, mais aussi l'espoir et l'amour.

## 81 mes amis les loups (senior)
### par Farley Mowat

F. Mowat se voit confier la mission d'étudier la vie des loups dans le Grand Nord canadien. Captivé par leur comportement et convaincu de leur intelligence et de leur sociabilité, F. Mowat se prend d'une véritable passion pour eux. George, Angélina et Albert, c'est ainsi qu'il les surnomme, deviennent pour lui, plus que de simples sujets d'études.

## 82 la dernière chance (senior)
### par Robert Newton Peck

Collin, à quinze ans, trouve la vie plutôt assommante. Le collège? Les parents? Les copains? Rien ni personne ne trouve grâce à ses yeux. Et voilà que son père l'emmène dans un trou perdu, chez un vieil homme solitaire. Collin est là pour «apprendre». Il apprendra que la vie ne fait pas de cadeau mais que c'est peut-être ce qui en fait le sel...

## 83 la galopeuse de lune
### par Thalie de Molènes

Marine n'aime pas rester à la maison. Ce qu'elle préfère, c'est courir les chemins de la forêt avec Faurissou. Il est plus tendre qu'un grand-père, plus proche qu'un ami. Lui seul comprend l'attachement de Marine pour la «galopeuse de lune», cette bête de liberté qui jaillit de la forêt...

## 84 adieu Buzz
### par Molly Burkett

Nous avons recueilli Buzz, une jeune buse abandonnée après un orage. Et c'est moi qui l'ai élevée, jour après jour. Je lui ai appris à venir à mon poing, à voler, à chasser. Elle m'a joué des tours pendables, mais elle était si belle quand elle volait en plein ciel. Buzz était à moi et je l'aimais. Mais Buzz était un oiseau sauvage, un oiseau fait pour la liberté...

## 85 Bachir et les sept épreuves
### par Pierre Bourgeat

Bachir est un jeune garçon espiègle et futé. Il ne manque pas d'idées pour répondre aux railleries des femmes de la maison. Pour leur échapper, Bachir va garder les chèvres de son père sur les plateaux de Kabylie. «Enfin un peu de calme!» pense-t-il. Mais voilà que le Djinn, le génie de tous les génies, lui confisque ses sept chèvres et lui impose sept épreuves pour les regagner. Qui sera le plus malin, le Djinn ou Bachir?

## 86 balles de flipper
### par Betsy Byars

Trois enfants, délaissés par leurs parents respectifs, sont placés chez M. et Mme Mason. Carlie (quatorze ans), Harvey (treize ans), et Thomas (huit ans) ne se sentent pas plus responsables de leur destin que des balles de flipper. Mais lorsque Harvey sombre dans un profond désespoir, Carlie et Thomas sont prêts à se battre pour lui redonner goût à la vie...

## 87 plus de gym pour Danny
### par Helen Young

Danny, un jeune Anglais très sportif, est sujet à des crises d'épilepsie. Tout l'entourage est au courant et le considère comme un enfant normal. Il n'en est fait ni drame, ni mystère. Mais le nouveau professeur de gymnastique, effrayé, lui interdit la natation et tous les sports. Comment Danny, privé de son activité favorite, va-t-il réagir?

## 88 les incroyables aventures du plus petit des pirates
### par Irene Rodrian

Au milieu de l'océan, le plus petit des pirates rencontre celui qui va devenir son plus grand ennemi, le gros capitaine. Lors d'un abordage aussi théâtral qu'inefficace, nos deux héros vont se découvrir une profonde inimitié qu'ils vont entretenir à plaisir lors de folles et incroyables aventures.

## 89 une longue nuit
### par E.C. Foster, Slim Williams

Avant que s'installe l'obscurité du long hiver polaire, le village esquimau fait ses provisions mais le poisson est rare. Le béluga tué par Nukruk Agorek serait-il un mauvais présage ? Malgré les réserves rapportées du village d'été, la faim se mue rapidement en famine... Nukruk Agorek et les siens trouveront-ils un moyen d'échapper à la mort ?

## 90 dix-neuf fables du roi lion
### par Jean Muzi

Dix-neuf fables originaires de plusieurs continents qui nous présentent un lion peu fidèle à son image habituelle. Le roi des animaux, tour à tour peureux ou lâche, est ridiculisé ou berné par des animaux beaucoup plus faibles que lui. «La raison du plus fort n'est pas toujours la meilleure.»

## 91 les enfants aux yeux éteints (senior)
### par Lida Durdikova

Claire, une jeune fille de dix-huit ans, emmène six enfants aveugles, privés de vacances, passer trois mois à la montagne, dans sa maison. Durant tout un été, Claire va accompagner les enfants dans leurs découvertes du monde, à la rencontre de sensations nouvelles...

## 92 au diable les belles journées d'été! (senior)
### par Barbara Robinson

Un premier amour doux et pudique. Pour Janet, l'été de ses seize ans porte le nom magique d'Eddie Walsh. Il paraissait inaccessible et voilà qu'il a fait de Janet son amie attitrée. Mais est-ce pour longtemps ? Au diable les belles journées d'été lorsque l'on est seule !

## 93 Viou
### par Henri Troyat

Depuis la mort de son père, Viou vit chez ses grands-parents. Sa mère travaille à Paris et ne vient pas souvent la voir. Seule la tendre complicité du grand-père vient rompre la monotonie de la vie de Viou. Mais lorsque celui-ci disparaît à son tour, c'est tout l'univers de Viou qui bascule à nouveau...

## 94 Vendredi ou la vie sauvage
### par Michel Tournier

A la suite du naufrage de «la Virginie», Robinson Crusoé se retrouve seul rescapé sur une île. Après le découragement et le désespoir, il aménage l'île avec l'aide de son serviteur, l'Indien Vendredi. Mais, à la suite d'un accident, cette fragile civilisation instaurée par Robinson s'effondre. Pour les deux hommes, une nouvelle existence va débuter...

## 95 la boîte aux lettres secrète
### par Jan Mark

Comment correspondre avec sa seule amie après son départ, lorsque l'on a dix ans, pas de téléphone et que les timbres coûtent trop cher pour lui écrire? Louise a une idée : il faut déposer des messages dans une boîte aux lettres secrète, comme les espions! L'idée de Louise n'est pas si mauvaise, même si les effets en sont plutôt inattendus...

## 96 en route pour Lima
### par Nathan Kravetz

Carlos, péruvien de treize ans, est fils d'un paysan de la montagne. Il n'a qu'une envie, aller travailler à Lima, car pour lui Lima est la ville où se réalisent toutes les espérances. Mais arrivera-t-il à entreprendre ce voyage?

## 97 ma renarde de minuit
### par Betsy Byars
Tom, dix ans, n'a aucune envie de passer ses vacances dans la ferme de son oncle. Pourtant, une renarde noire, fascinante, va traverser un jour cet été où il ne se passait rien. L'attirance de Tom pour cette créature libre transforme alors ces quelques semaines en un grand jeu palpitant. Mais c'est un jeu plein de risques qui pourrait bien se terminer mal...

## 98 par une nuit noire
### par Clayton Bess
Une panne d'électricité plonge la maison dans le noir : les enfants écoutent leur père se souvenir... Il y a trente ans, par une nuit sans lune comme celle-ci, alors que la brousse était plongée dans l'obscurité totale, une main inconnue était venue frapper à la porte de la case. Et le mal le plus effroyable avait fait irruption dans la vie de cette famille noire...

## 99 les chants du coquillage
### par Jean-Marie Robillard
Neuf nouvelles qui se déroulent sur les rivages marins, et qui nous invitent à la découverte de sa faune, de ses paysages, de ses habitants. « Nanou », « le rat », « le congre », etc. relatent des épisodes de cette vie accrochée à la mer, parfois drôle, parfois dangereuse mais toujours émouvante pour celui qui apprend à l'écouter.

## 100 Claudine de Lyon
### par Marie-Christine Helgerson
Claudine, onze ans, se penche pour lancer la navette de son métier à tisser... dix heures par jour, dans l'atelier de son père. Ceci se passe il y a cent ans, dans le quartier de la Croix Rousse à Lyon. Mais Claudine refuse cette existence. Ce qu'elle veut, c'est aller à l'école pour apprendre et choisir elle-même son métier. Comment arrivera-t-elle à convaincre ses parents ?

## 101 l'énigme du gouffre noir
### par Colin Thiele
Les cavernes souterraines sont très nombreuses dans la région d'Australie où habitent Ket et sa famille. Ket connaît les dangers de ces puits remplis d'eau, véritables trous de la mort, et de ces labyrinthes de tunnels sinueux. Pourtant, après avoir entendu parler d'un trésor caché sous terre, voilà Ket entraîné par ses deux amis à s'y aventurer...

## 102 les poings serrés (senior)
### par Olivier Lécrivain
Un sacré bagarreur l'apprenti forgeron! Ses poings de quatorze ans, il sait s'en servir... Alors, lorsque l'on remonte des eaux de la Gartempe, le corps de Dédé on a vite fait de le déclarer coupable. Loïc va-t-il laisser détruire sa vie avec ces calomnies? Pourtant, depuis son accident, il ne se souvient pas bien... Ses ennemis auraient-ils raison?

## 103 sept baisers sans respirer
### par Patricia MacLachlan
Emma, sept ans, et son frère Zachary sont gardés par leur oncle et leur tante. Mais dès le premier matin, Emma s'indigne. Aucun des deux ne pense à lui donner ses sept baisers rituels ni à lui préparer son pamplemousse en quartiers avec une cerise au milieu! Emma estime donc qu'il est urgent de leur donner quelques leçons sur leur rôle de futurs parents...

## 104 mon pays perdu (senior)
### par Huynh Quang Nhuong
Quinze récits, souvenirs d'une enfance vietnamienne, dans un hameau en lisière de la jungle. Une nature extrêmement rude et impitoyable, des êtres dont la vie est menacée chaque jour de mort violente. Amies ou ennemies, il faut apprendre à vivre avec ces créatures sauvages.

Cet
ouvrage,
le cent-deuxième
de la collection
CASTOR POCHE,
a été achevé d'imprimer
sur les presses de l'imprimerie
Brodard et Taupin
à La Flèche
en octobre
1984

Dépôt légal : novembre 1984
N° d'édition : 11882. Imprimé en France
ISBN : 2-08-161813-3